KB063427

다정함은 덤이에요

10년 차 베테랑 편의점 언니의
치밀어 오르는 이야기

다정함은 덤이에요

글 봉부아

지상의책

프롤로그

안녕하세요.

봉부아라고 합니다. 봉부아는 블로그 닉네임인데 애정이 생겨서 지면에까지 쓰게 되었습니다. 봉부아(bon bois)는 불어로 '좋은 숲'이라는 뜻입니다. 숲처럼 모든 것을 품는, 아름다운 사람이 되고자 하는 마음으로 지었… 으면 좋았을 텐데 실은 '봉천동 부자 아줌마'라는 뜻입니다(민망하네요). 어릴 때 친구들과 현생에선 절대 들을 수 없는 이름을(나는 브룩 쉴즈, 너는 소피 마르소. 맙소사!) 서로 불러준 것처럼 온라인에서나마 부자로 불리고 싶어 지었던 것이 필명이 되었습니다.

대학생 때부터 카페, 레스토랑, 옷 가게, 만화 대여점, 대학병원 구내식당까지 돈을 벌 수 있는 곳이면 어디든 달려갔습니다. 그렇게 일했는데도 부자가 되지 못한 것을 보면 역시 하찮은 일인가, 했다가도 아르바이트를 한 덕에 학비를 내고 친구를 만날 수 있었다고 생각합니다.

편의점 아르바이트는 둘째가 유치원 다닐 때부터 시작했습니다. 아이들이 커 가면서 자유 시간은 늘었지만 공허함을 느끼는 시간도 길어졌습니다. 오늘은 또 뭐하지? 하는 우울함에 아침을 맞이하는 게 두렵기도 했습니다. 사실 시간이 버거운 게 아니라 돈이 필요해서 우울했습니다. 아이에게 뭘 가르치려고 해도 돈, 친구를 만나려고 해도 돈이 필요한데 남편의 월급은 뻔하고 내가 할 수 있는 일은 없어서 스스로가 무능하게 느껴졌습니다. 대학을 나왔지만 경력도, 기술도 없었습니다. 매일 아침 아이를 데려다주고 오는 길에 벼룩시장과 교차로를 뽑아 와 동그라미를 치고 전화를 넣어 보았지만, 제게 출근하라고 하는 곳은 없었습니다.

둘째 아이를 유치원에 데려다주던 아침, 어느 편의점 유리문에 '아르바이트 구함'이라고 쓰인 종이를 보고 홀린 듯이 들어갔습니다. 아이를 데려다주고 오면 이미 사람을 구했을까 봐 아이 손을 붙든 채로 들어갔습니다.

"편의점 아르바이트는 처음인데 괜찮은가요?"

이 질문이 나의 오랜 편의점 생활의 시작일 줄 몰랐습니다. 최저시급을 받는 일이 부끄러워서 동네 사람에게는 시간이 남아서 하는 거라고 했습니다. 먼 곳에 사는 친구에게는 아는 언니가 하도 부탁해서 용돈벌이나 하는 것이라고 거짓말을 했습니다. 네 시간이던 아르바이트는 여섯 시간이 되었다가 지금은 여덟 시간으로 늘었습니다. 내 용돈이라고 둘러댔던 돈으로 애들 학원비도 내고, 은행 빚도 열심히 갚았습니다(아직도 갚고 있는 게 문제).

그렇게 살다 보니 초등학생이던 첫째는 대학생이 되었고, 유치원에 가던 둘째는 고등학생이 되었습니다. 아이들이 크면서 엄마의 직업이 시시한 일이라는 걸 알게 되고, 굳이 숨기지는 않아도 자랑스러워하지 않는 걸 보면서 편의점 아르바이트를 그만둘까도 고민했습니다. 저 역시 학기 초 아이들 담임선생님이 "어머님은 무슨 일을 하시냐"라는 질문에 한 번도 당당하게 답한 적이 없었으니까요.

남편이 가끔 아이들에게 "엄마는 원래 강남역에 있는 큰 회사의 인재였는데 너희를 돌보기 위해 경력을 포기했다"라고 저의 위신을 세워 줍니다. 강남역 아니고 뱅뱅사거리, 큰 회사 아니고 작은 회사, 인재 아니고 말단 사무원이었던 저를 위해 하얀 거짓말을 해 준 남편에게 이 자리를 빌려 고맙다고 말하고 싶습니다. 덕분에 덜 부끄러워하며 편의점 일을 계속할 수 있었습니다(혹시 일을 계속 시키려는 큰 그림?).

길 가다가 아는 얼굴을 마주쳐 인사를 하면 옆에 있던 아이가 엄마에게 묻습니다.
"저 아줌마 누구야?"
"응, 편의점."
편의점, 편의점 언니, 편의점 아줌마로 불린지 십 년이 넘었습니다(편의점 할머니라 불릴까 봐 무섭습니다). 세븐일레븐에서 삼 년, 씨유에서 사 년을 일했고 지금은 지에스25에서 사 년 넘게 일하고 있습니다. 남편은 미니스톱이랑 이마트24까지 도전해서 '편의점 그랜드슬램'을 달성해 보라는 쓸데없는 소리를 하고, 친구는 이 일이 지겹지도 않냐며 '편의점 귀신'이라는 별명을 붙여 주었습니다. 저는 스스로 '편의점 노예'라 칭하며 자조하기도 하지만, 이 작은 공간에서 재미있는 이야기가 얼마나 많이 생기는지 소문이라도 나서 너도나도 이 일을 하겠다고 나설까 봐 걱정될 정도입니다(응?).

편의점에 있다 보면 많은 사람을 만나게 됩니다. 편의점 점주부터 교대하는 아르바이트생, 매일 혹은 우연히 들리는 손님들, 물류 기사님이나 여러 회사의 영업 사원, 여기엔 뭐를 팔고 있나 구경하러 들어오는 동네 사람들까지. 백이면 백, 각자의 이야기를 품고 있는 그들은 나의 내적 친구가 됩니다. 그들이 늘 좋은 친구였던 건 아닙니다. 어느 날은 짜증 나게 하고 또 어떤 날은 눈물을 흘릴 만큼 속상하게 만드는 사람도 있었습니다. 하지만 이런 날은 일 년 중에 몇 손가락밖에 안 됩니다.

어느 일본 드라마에서 본 "다정함이야말로 인간의 강

함"이라는 대사에 마음이 뭉클해졌습니다. 눈도 마주치지 않고 돈과 물건만 주고받던 사람들에게 한 걸음 다가가니 그들은 다정했습니다. 사람들은 나를 웃게 했고, 때로는 울컥하게 했으며, 열심히 살아보자는 결심을 하게 만들었습니다. 나는 그들에게 물건을 팔았지만, 도리어 다정함을 덤으로 얻었습니다. 요새 세상은 너무 각박하다고, 사람들은 이기적이라고 푸념만 하면서 나는 그들에게 얼마나 좋은 사람이었나 반성하게 되었습니다.

이제는 내가 그들에게서 받은 마음을 돌려줄 차례라고 생각했습니다. 매일 무심하게 만나는 사람들을 좀 더 알고 싶었습니다. 그리고 기억하고 싶었습니다. 우리들의 다정함으로 좀 더 나은 세상이 될 수 있을 거라 믿고 있습니다.

차례

먼저 양해 구합니다.

에피소드에 등장하는 인물들은 실제 우리 동네의 주민들입니다.

오해가 생기거나 개인 정보가 드러날 수 있는 부분은 사실과 다르게 묘사되었습

니다. 부족한 부분이 있더라도 너그러이 보아 주시길 부탁드립니다.

결혼할 때 친한 언니들이 은밀하게 말했다.
"형편이 어려워도 금가락지 서너 개는 꼭 예물로 해야 해."
여자에게 금반지는 액세서리가 아니라 비상용이라고,
부부싸움으로 갑자기 가출하거나 급전이 필요할 때
금반지를 팔면 요긴하게 쓰일 거라고 했다.
책은 내게 예물과 같았다.
현실에서 도망치고 싶거나 울고 싶을 때
돈보다 더 큰 위로가 되었다.
아이들이 어릴 때 쓰던 몽당연필과 지우개가 빠진 연필,
이로 씹었는지 끝이 문드러진 연필들이 모두 내 필통에 있다.
뭉툭하지만 윤이 나는 흑심으로 책에 밑줄 긋는 것을 좋아한다.
이 문장에는 줄을 긋고 별을 그리고 형광펜으로 또 덧칠을 했다.

"냉철한 현실감각을 갖는 것은 중요한 일이다.
그러나 동시에, 현실에 환상의 색채를 더하는 것도
중요한 일이라고 생각한다."
한수희, 『온전히 나답게』 중에서

금가락지 같은 문장이다.
나는 이렇게 살고 싶다.

언제나 열려 있는 편의점으로

우리 집 고양이는 천재가 확실하다. 가끔 '엄마'라고 불러서(진짜다!) 범상치 않은 녀석인 줄은 알았는데 시계까지 볼 줄은 몰랐다. 새벽마다 어김없이 그 귀여운 털북숭이 이마를 내 얼굴에 비빈다. 혼자만의 시간을 갖고 싶어서 조금씩 당겨 일어나다 보니 새벽 네 시가 되었고, 나를 따라 나와 체온을 안겨 준 고양이가 애틋해서 간식을 주었더니 이 시간을 기억하기로 했나 보다. 간식을 다 먹은 고양이는 엄마가 책상에 앉는 것을 보고서야 제자리로 돌아가 둥그렇게 몸을 말고 눈을 감는다(아주 얄밉다).

아르바이트를 마치고 집에 돌아가면 집안일이 기다리고 있었다. 밥과 빨래, 청소를 후다닥하고 나면 잠이 쏟아져 어떤 재미있는 책도 수면제가 되었다. 책을 콧잔등에 떨어뜨려 얼마나 많은 눈물을 흘렸는지 모른다(콧잔등 보호대 출시가 시급하다). 책을 한 장도 못 읽고 잠든 날에는 하루를 허투루 보낸 것 같아 찝찝했다. 이게 아닌데 하다가 아침 시간을 이용하자는 생각이 들었고 조금만 더, 한 시간만 더 하던 것이 새벽 네 시로 당겨졌다.

어릴 때부터 일찍 일어나는 편이었다. 고등학생 때도 남들은 밤늦게까지 공부한다는데 나는 일찍 잠자리에 들었고 새벽에 일어났다. 네 시간 자면 대학에 붙고 다섯 시간 자면 떨어진다는 '사당오락'이란 말이 있었지만 나는 사당오락실을 지키면 지켰지 잠을 포기하고 싶지는 않았다. 대신 일어나자마자 교복을 입고 학교로 출발했다. 해가 뜨기 전의 어두운 거리, 우유나 신문을 배달하는 사람과 마주칠 때면 서로 놀라기도 했다. 내가 사는 허름한 시영아파트를 지나 대단지 고급 아파트에 들어서면 상가 한가운데에 24시간 불 밝힌 편의점이 있었다. 그곳에서 늘 베지밀 한 병을 샀다. 따뜻한 유리병을 손에 쥐고 아직 열리지 않은 교문을 밀고 들어갔다. 첫날 나를 보고 깜짝 놀란 수위 아저씨는 겁도 없다며 교실 문을 꼭 잠그고 있으라고 당부했다. 그 다음부터 수위 아저씨는 내가 오기도 전에 학교 전체 불을 켜놓았다. 지키는 사람이 있으니 이상한 놈들 가까이 오지 말라는 경고의 뜻이기도 했고, 아저씨가 있으니 마음 놓고 공부하라는 배려의 뜻이기도 했다. 그때는 고마우면서도 표현할 생각을 하지 못 했다. 따뜻한 베지밀을 한 병 더 샀으면 되는 건데.

인적 드문 새벽길은 좀 무서웠다. 하지만 저 멀리 불 밝힌 편의점이 보이기 시작하면 안심이 되었다. 그 불빛을 등대인 양 의지 삼아 걸었다. 그 안에 들어가면 사람들이 있었다. 어느 날은 라면 냄새가, 어떤 날은 맥심 커피 향기가 났다. 이 새벽에 나만 혼자 있는 게 아니구나, 나 말고도 깨어있는 사람이 있다는 사실이 외로운 마음을 달래주고, '엇나가 버릴까' 하고 흔들리던 마음을 잡아 주었다.

그 시절 불 밝힌 편의점과 따뜻한 베지밀, 든든한 수위 아저씨가 있어서 쓸쓸함을 덜어낼 수 있었다. 이제는 내가 그 아침을 지키러 출근한다. 언제나 열려 있는 편의점으로.

무서운 얼음컵

담벼락마다 장미가 만발이다. 괜히 꽃송이에 다가가 향을 맡아본다(왜 캔디가 아니라 야수 같지?). 이 계절에는 장미보다 활짝 피는 꽃이 하나 더 있다. 편의점 점주의 웃음꽃이다. 목마른 계절이 오면 겨우내 파리했던 그들의 얼굴에도 생기가 돈다. 편의점은 여름 장사라고 한다. 음료수와 맥주가 부리나케 팔려 나간다. 쏟아지는 물량에 점주들은 힘들어 죽겠다고 투정을 부리지만 내 귀에는 '신나 죽겠다'로 들린다. 그들은 일 년 내내 목마른 여름이길 바랄지도 모르겠다.

음료수나 맥주가 아무리 우겨도 여름 편의점의 주인공은 '얼음컵'이다. 얼음이 담긴 투명한 컵에 커피나 아이스티 같은 음료를 부어 마신다. 평소에는 편의점에 오지 않는 어르신들도 여름에는 아이스커피를 마시러 온다.

　우리 매장의 얼음컵 냉동고 위에는 이런 경고 문구가 붙어 있다. '컵 치지 마세요. 음료를 부으면 저절로 녹습니다. 파손 시 교환, 환불 불가!' 눈에 잘 띄라고 내가 시뻘건 매직으로 크게 써서 붙여 놨다. 하지만 속상하게도 적지 않은 사람들이 컵을 쳐서 깨트린다.

　사람들이 손바닥으로 컵을 탁탁 칠 때마다 내 가슴도 턱턱 깨지는 것 같다. 안 터지면 다행인데, 누르기만 했는데 컵이 깨졌다고 우기면 골치가 아프다. 그나마 음료를 붓기 전에 컵이 부서지면 다행이다. 이미 금이 간 컵에 음료를 부어 놓고는 컵이 불량이라고 우기면 나도 손님을 교환하거나 환불하고 싶다.

　아침마다 봉고차를 타고 와서 담배와 커피를 사는 남자 손님이 있다. 해가 뜨거워서인지 얼음컵을 꺼내 왔다. 컵을 탁탁 치며 매장 안을 걸어 다녔다. 저 손님 운동 좀 하는 듯 덩치도 좋은데, 그렇게 컵을 치면 위험한데, 점점 불안해졌다. 강도와 빈도가 한계에 다다른 것 같다. 당장 그만두지 않으면 컵이 폭발할지도 모른다.

"얼음컵 치면 깨져요."

용기 내서 말했다. "저 원래 이렇게 해요." 손님은 아침부터 지적받은 게 언짢은 듯 썩소를 지으며 컵을 또 탁! 쳤고 그 순간 얼음컵이 퍽! 하고 터졌다. 얼음이 솟구쳐 바닥 여기저기로, 진열대 사이사이로 날아갔다. 내 분노도 폭발했다.

"치면 안 된다고 했잖아요!"

소리를 꽥 질렀다. 분명히 하지 말라고 했는데! 내가 말했을 때만 멈췄어도 이 난리가 나지는 않았을 텐데! 왜 사람 말을 안 듣느냐 말이다. 원망의 눈으로 손님을 쏘아보았다. 단골이고 뭐고 소용없다. 얼음컵 값은 됐다고 했다. 손님은 얼굴이 확 붉어져서 늘 사던 담배도 못 사고 도망치듯 나가 버렸다. 바닥에 널브러진 얼음을 대걸레로 밀어내고 상품들 틈에 숨은 얼음을 찾아 꺼냈다. '내가 너무했나? 무안해서 다시는 안 오려나?'

그 손님, 적어도 며칠은(어쩌면 영원히) 안 오겠다고 생각했는데 다음 날 바로 왔다(사나이!). 손님은 담배 하나와 어제 깨트린 얼음컵 값도 같이 계산해 달라고 말했다. 나는 손님한테 소리 지른 게 미안해서 얼음컵 값은 괜찮다고 했다. 그런데 여태 한 번도 못 봤던 목걸이 명찰이 보였다. 경찰서 출입증. 괜히 쫄렸다.

"혹시 형사님이세요?" 공손하게 물었다.

"아, 네. 이걸 왜 차고 나왔지?" 형사님이 허둥지둥 목걸이를 감추었다.

설마 나한테 안 쫄리려고, 바닥에 떨어진 자기 위신을 세우려고 경찰 목걸이를 걸고 나온 걸까? 그렇다면 손님의 의도는 적중했다. 나는 전생에 머슴이었는지 노비였는지 아니면 반역자나 앞잡이였는지 군, 경, 관을 무서워하기 때문이다.

"어제는 정말 죄송했어요. 손님들이 컵을 하도 많이 깨트려서 예민했거든요."

나는 더 공손하게 묻지도 않은 변명을 했다. 취조실에 앉아 있는 것만 같았다.

"너무 무서워서 어제는 사과도 못 드렸어요. 제가 어디 가서 안 쪼는데, 사장님이(다들 내가 사장인 줄 안다) 우리 반장님보다 더 무서웠어요."

22

뭐라고 대꾸해야 할지 몰라 최대한 환하게, 손예진처럼 반달눈으로 웃으려고 애썼다(비굴하게 보였을 것이다). 한껏 여유로워진 표정의 형사님이 "이제는 얼음 컵 안 칠게요"라고 말했다. 이제는 나를 안 치겠다는 말로 들려 마음이 놓였다. 가는 뒷모습을 눈으로 따라갔더니 봉고차도 경찰서 차였다. 한동안 다른 손님이 얼음컵을 폭파해도 소리 지르지 않았다(혹시 또 경찰일까 봐).

잃어버린 너

    중학생 때 친구들과 영화 <잃어버린 너>를 보고 청순한 여주인공에 홀딱 빠져버렸다. 김혜수가 아침에 흰 커튼을 젖히는 장면에서는 그리그의 '조곡'이 흘러나왔다. 우리 집에 커튼 같은 건 없었지만, 이 음악을 들으면 눈이 큰 김혜수처럼 청순해 보일지도 모른다고 생각했다(그 곡은 카세트테이프 리어카 아저씨도 잘 몰라서 어렵게 구했다). 아침에 눈 뜨자마자 음악을 틀긴 틀었는데 너무 감미로워서 다시 잠드는 날이 많았다. 김혜수는커녕 맨발의 기봉이처럼 달려야 했다.

    <사랑과 영혼>을 보고는 데미 무어가 되고 싶었다. 데

미 무어가 패트릭 스웨이지에게 "사랑해"라고 하면 남자는 항상 "동감"이라고 했다. 한동안 '동감'을 입에 달고 살다 선생님에게도 "동감"이라고 했다가 혼이 났다. 아예 데미 무어 스타일로 숏컷을 했더니 친구들이 호섭이 팬이냐고 물었다.

<번지 점프를 하다>를 보고는 이번에야말로 여주인공의 이미지를 따라잡을 수 있을 것 같았다. 이은주처럼 새끼손가락을 펴서 잔을 들고, 흰 손수건으로 머리를 묶었다. 그러나 얼굴이 이병헌이었다. 첫사랑이나 청순가련한 여주인공 이미지를 갖기가 이렇게 어려울 일인가(다시 태어나야…).

젊어서는 타고난 게 글렀으니 나이 들어서는 연륜으로 우아해지지 않을까 기대했다. 영화 <러브 어페어>의 아네트 버닝이나 <메디슨 카운티의 다리>의 메릴 스트립처럼 보기만 해도 기분 좋아지는, 아름다운 여자로.

아침마다 편의점에 오는 한 남자 손님이 나를 그윽하게 바라본다. 이제서야 내가 매력 있는 여자가 되었을지도 모른다고 생각했다. 나는 정숙한 여성이므로 황신혜, 유동근의 <애인>이나 양조위, 장만옥의 <화양연화> 같은 일은 벌어지지 않겠지만, 나이 들어서도 뭇 남성의 눈길을 받는 건 은밀한 기쁨이었다. 그 남자 손님은 아침마다 레쓰비 한 개를 사서 원샷을 하고는 나를 보고 미소 지었다. '저 양반 보는 눈은 있네.' 나는 속으로 흐뭇하게 생각했다.

오늘 아침에도 그 손님이 나를 보며 웃었다. "왜 저를 보고 웃으세요?" 용기 내서 물었다. '예뻐서요'라든가 '첫사랑이랑 닮아서요'라는 뻔하고 유치한 작업 멘트를 날리면 어떡하지, 정숙한 부인에게 수작을 거는 남자에게 어떤 무안을 줘서 쫓아버릴까 하는 짓궂은 상상도 잠시. 그 손님은 "재미있어서요"라고 답했다. 말 한마디 나눠본 적 없는 이 손님은 나의 어디가 재미있다는 거지? 내가 의아하다는 듯 쳐다보자 말을 이었다.

"실례인데 얘기해도 되나? 그 돈통 닫을 때 말이에요. 항상 배로 밀어서 닫는 게 너무 웃겨요. 방금도 배로 밀어서 닫았어요."

그리고 못 참겠다는 듯이 껄껄껄 웃었다. 나는 당황하지 않은 척했지만 두 눈과 손이 갈 곳을 잃고 허둥댔다(이 바보 같은 모습을 저 못된 아저씨가 못 보았길). 그리고 진짜 내가 돈통을 배로 밀어서 닫고 있다는 걸 알았다. 왜 손보다 배가 나와 있지? 손은 뭐하고 배로 돈통을 미는 거지? 이상한 버릇이 들어 있었다. 그 손님의 이야기를 듣고 나서는 나도 모르게 돈통에 배가 닿을 때마다 깜짝깜짝 놀라서 손으로 밀어 닫았다.

김혜수나 아네트 버닝처럼 되고 싶다는 희망은 잃어버렸다. 현실의 나는 <사랑과 영혼>의 우피 골드버그, <나 홀로 집에>의 비둘기 아줌마랑 비슷해 보이는 것일까. 이런 여주인공을 원한 건 아니었는데 말이다.

우리는 동갑내기

도시락, 김밥, 햄버거 같은 간편식은 하루에 네 번 정해진 시간에 폐기 처리한다. 유통기한이 1초만 지나도 바코드가 안 찍혀서 팔 수가 없어 아깝다. 폐기된 상품은 분리배출까지 해야 해서 쓰레기봉투 비용과 귀찮음까지 두 배의 고통이 따른다. 반대로 폐기 상품이 없어 배고픈 날도 있다. '오늘 점심은 하나 남은 저 삼각김밥으로 때우면 되겠네'라고 벼르고 있는데 손님이 그 앞을 서성이면 '제발 그것만은 집지 말아 달라'고 기도한다. 손님이 기어이 그걸 가져오면 "이 제품 유통기한이 이십 분밖에 안 남았는데 괜찮으세요?"라며 불매를 권유하지만(응?), "바로 먹을 거라 괜찮아요"라는 답에 좌절하기도 한다.

출근하면 아침 시간의 폐기 상품이 쌓여 있다. 아침 일찍 오는 물류 기사님에게 혹시 방금 유통기한이 지난 도시락을 드실지 물어봤더니 좋다고 했다. 기사님은 보통 새벽에 나오니 식사를 못 챙기고, 큰 차를 주차해 놓고 식사하기도 마땅치 않다고 했다(편의점 음식이기는 하지만 누군가의 위장을 채워주는 일, 언제나 괜찮은 일이라고 생각한다).

막걸리를 배달해 주는 기사님도 내 도시락을 반기는 사람 중 하나다. 어차피 못 파는 제품인 걸 알면서도 매번 감사하게 받아서 나도 감사하다. 그렇다고 기사님이 먼저 "도시락 있나요?"라고 묻지도 않고, 나도 괜히 선심 쓰는 듯한 태도가 될까 봐 "혹시 이거 드실래요?" 하고 조심스럽게 여쭤본다. 오늘도 도시락을 드렸더니 같이 먹을 생각인지 육개장 사발면 하나를 카운터에 올려놓았다.

"헉, 천 원이나 해요? 나 중학생 때는 삼백 원이었는데."
"어? 저 중학생 때도 삼백 원이었는데, 혹시 몇 년생이세요?" 기사님은 머리숱이 많이 사라져 이마가 시원한 타입으로 삼촌까지는 아니어도 큰오빠 정도로 보인다. 갑자기

불안감이 몰려왔다. 설마, 설마 하다가 서로 당황했다. 우리는 동갑이었다. 설마 내가 저 대머리 아저씨보다는 한참 아래겠지, 설마 내가 저 뚱뚱이 누님보다는 동생이겠지, 서로 같은 생각을 하고 있었나 보다. 뜻밖의 전개에 나도 아무 말 못 하고, 대머리 친구의 눈빛도 흔들렸다. 순간 몹시 어색해졌다.

"저번에 아이가 수능 봤다고 해서 저보다 한참 누나인 줄 알았어요. 결혼 일찍 했나 봐요."

용기 있고 일리 있는 변명이었다.

"네. 결혼하면 일 그만하게 해준다고 해서 빨리했는데 하루도 쉬어본 적이 없어요."

웃기려고 한 말이었는데 대머리 친구는 웃지 않았다. 괜한 말했나, 이상하게 생각하려나, 갑자기 신세 한탄을 늘어놓는 이상한 여자가 되었다. 농담이라고 얼른 말했어야 했는데 오늘따라 순발력이 안 따라준다.

동갑 친구는 시식대에서 도시락과 컵라면을 먹었다. 그래봤자 식사 시간은 십여 분도 안 되니 소화불량에 걸리기 딱 좋다. 천천히 먹으라고 물이라도 주고 싶지만 그랬다가는 어느 뚱뚱이 아줌마가 추파 던진다고 할까 봐 참았다.

동갑 친구는 잘 먹었다고 인사하고 나가더니 금방 다시 돌아왔다.

"부군께서 막걸리 드시나요? 도시락도 매번 얻어먹는데 이거라도…." 막걸리 두 병을 주었다.

"없어서 못 먹죠. 1년 내내 매일 두세 병은 마셔요"라고 했더니 순간 스치는 안쓰러운 눈빛. 아, 내가 또 오해할 말을 한 건가, 오늘 유머가 진짜 안 먹힌다.

'매일 마시는 건 맞는데 유쾌하게 마셔요. 막걸리가 물보다 맛있대요'라고 말하려고 했는데 다른 손님이 들어와서 급하게 가 버린 동갑 친구. 마누라는 아르바이트 보내놓고 매일 막걸리 마시며 술주정하는 남편이랑 사는 비운의 여자라고 생각하면 어쩌지. 가끔 비련의 여주인공이 된 나를 상상하긴 했지만 그건 <가을동화>의 송혜교나 <발리에서 생긴 일>의 하지원의 모습이지 편의점 아줌마는 아닌데.

내일 아침 대머리 친구가 온다. 이건 고생해서 부은 살이 아니고 빵 먹어서 찐 살이라고, 나는 아주 행복하다고 묻지도 않았는데 말해야 하나. 더 이상한가, 왜 저래 하려

나. 그런데 친구야, 너는 어쩌다가 벌써 그렇게 머리를 잃었느냐고 물으면 안 되겠지, 엄청난 결례겠지. 갑자기 옛날 유머가 떠올랐다.

곰보빵을 사려고 빵집 문을 열었더니 주인아저씨가 곰보였다(천연두 등으로 얼굴에 흉터가 남음). 실례니까 곰보라고 부르지 말자고 되뇌었지만 긴장한 나머지 "소보루 아저씨, 곰보빵 주세요"라고 했다는 배꼽 빠지는 이야기다. 내일 또 내 경솔한 주둥아리가 '대머리 친구야, 어서와' 할까 봐 겁난다.

아무래도 그 친구, 나랑 유머 코드가 안 맞는 거 같다. 아무 말도 하지 말자. 철저한 비지니스 관계로 직매입 도장만 쾅 찍어주고 사무적인 눈빛만 보내야겠다. 아무 일도 없던 것처럼, 서로의 나이 같은 건 몰랐던 것처럼.

아, 그래도 "도시락 있는데 드실래요?"는 공손히 묻고.

나의 첫 캔커피

편의점 문이 열리고 종소리가 '딸랑'하고 울렸다. 바닥에 쪼그리고 앉아 쓰레기봉투를 접던 중이라 손님들 얼굴은 못 봤다. 수그린 채로 "어~서~ 오세요"라고 말하려니 갑자기 목이 메어서 개구리 같은 목소리가 나왔다. 자기들끼리 얘기하느라 못 들은 것 같아 다행이었다.

"저 새끼는 뭐 마신대?"

남자들이 친구끼리 이 새끼, 저 새끼 하는 건 나이가 들어도 변함이 없나 보다.

"레쓰비."

"레쓰비? 아직도 그걸 마시는 새끼가 있냐? 레쓰비처럼 생겨가지고."

　웃음이 터져서 입술을 꽉 물었다. 사람들이 아무리 스타
벅스, 스타벅스 해도 편의점 커피 판매 1위는 '레쓰비'인데
이런 비웃음을 당하다니, 듣는 롯데칠성 섭섭하겠다.

　나의 첫 캔커피도 레쓰비였다. 여고에 진학했더니 교정
에 자판기가 있었다. 어릴 땐 머리 나빠진다며 못 마시게
하던 금단의 음료를 떳떳하게 마실 수 있는 나이가 된 것
이다. 안성기 아저씨가 웃고 있는 백 원 더 싼 맥스웰 하
우스도 있었지만, 커피와 물이 따로 노는 것처럼 싱거웠
다. 레쓰비는 천하의 전지현을 버스에서 내리게 만드는,
없던 기운까지 끌어올리는 단맛이 있었다. 아침 자습을 마
치고 레쓰비 하나를 뽑아 와 2층 창가에서 마셨다. 좋아하
는 문학 선생님의 차가 들어오는 걸 볼 수 있는 자리였다.

　문학 선생님은 늘 의기소침해 있던 내게 책을 빌려주었
다. 아끼는 책들이지만 너에게만 특별히 빌려주는 거라
고 했다('특별히'라는 말이 짜릿했다). 책을 돌려주러 가
면 "너의 소감은 어땠니?"라고 꼭 물으셨다. 친구들은 모
르는 선생님과의 비밀스러운 책 인터뷰가 좋아서, 선생님

의 기대에 부응하는 답을 하고 싶어서 책을 읽고 또 읽었다. 선생님의 손때가 묻은 책 냄새를 개처럼 킁킁 맡기도 하고 '이 책, 실은 문학 선생님 책이다'라고 뽐내듯 밋밋한 가슴에 품고 다녔다.

선생님은 김승옥의 『무진기행』과 조세희의 『난장이가 쏘아올린 작은 공』 같은 책을 내 손에 들려주었다. 사람은 누구나 저마다의 슬픔이 있지만 그게 전부는 아니라고 책은 내게 말했다. 비겁한 방법이긴 했지만, 더 아픈 이야기들을 읽으며 '나는 이 정도는 아니야' 하며 위안 삼았다. 선생님과 책 덕분에 눈물이 바람만큼 일던 시기를 무사히 넘길 수 있었다. 한 사람의 관심만 있어도 사는 이유가 될 수 있고, 책이 그 도구가 될 수 있다는 걸 믿게 되었다.

그러나 선생님을 사랑하는 일에 꽃길만 있는 건 아니었다. 문학 선생님이 수업 시간에 갑자기 나를 보며 물었다.

"자니윤 쇼, 너희 세 명은 엊저녁 자습 시간에 또 어디로 도망갔었니?"

'잠깐 나가서 떡볶이를 먹고 왔을 뿐인데…'가 문제가 아니라 '자니윤 쇼'라니요? 무슨 말인지 몰라서 눈을 동그랗게 뜨고 선생님을 바라보았다.

"너는 조영남, 네 짝꿍은 배철수, 그 옆에는 자니윤을 닮았잖니. 너희들이 '자니윤 쇼'인 거 몰랐어?"

마른하늘에 날벼락도 유분수가 있지. 청천벽력 같은 소리였다. 이팔청춘 꽃띠 여고생, 그것도 선생님을 흠모하고 있는 여학생에게 조영남을 닮았다니요. 반 친구들의 뒤로 넘어가는 듯한 웃음소리에 내 정신은 아득해졌다. 나는 엎드려 펑펑 울고 싶었다.

"내가 제일 좋아하는 가수가 조영남이야. 노래도 잘하고 그림도 잘 그리고. 얼마나 멋있니."

선생님은 급히 수습했지만 내 마음은 이미 갈기갈기 찢어진 뒤였다. 배철수 아니 짝꿍이 선생님을 향해 저주의 말을 퍼부어도 말리지 않았다. 옆 반 친구가 와서 "너 조영남 됐다며?" 했을 때는 내 얼굴을 이렇게 만든 조상의 묘를 파헤치고 싶었다.

선생님께 책을 반납하러 가는 길이 설레지 않았다. 비밀 인터뷰고 뭐고 다 때려치우고 싶었다. 선생님은 더 다정하게 맞이해 주었지만 얼어붙은 마음은 풀어지지 않았다. 선생님은 책 한 권과 뜻밖에도 레쓰비 한 개를 내게 건넸다.

"너 매일 2층 창가에서 이거 마시고 있더라. 나도 레쓰비 좋아해."

다시 선생님을 좋아하기로 했다.

2학기가 끝나는 책거리 시간에 마땅한 장기자랑이 없던 나는 노래를 불렀다.

"전라도와 경상도를 가로지르는 섬진강 줄기 따라 화개장터엔… 구경 한 번 와보세요. 보기엔 그냥 시골 장터지만 있어야 할 건 다 있구요…."

반 친구들은 또 뒤로 넘어갈 듯이 웃어 젖혔고, 선생님은 행복해서 눈물을 흘리는 것 같았다.

전라도와 경상도를 가로지르는 ~♪

편의점 안 손님들이 낄낄거리며 웃어서 그 사람들은 스타벅스처럼 생겼을 거라고 기대했다. 계산대에 레쓰비, 티오피, 조지아가 올려졌다. 티오피 마시는 사람은 원빈처럼, 조지아 마시는 사람은 차태현처럼 생겼을까? 슬쩍 고개를 들어 손님들의 얼굴을 보았다. 음… 두 사람은 숙취해소음료 1등인 여명808 회장님처럼 생겼다(회장님처럼 인자하고 부유하게 생겼다는 뜻이다). 손님 셋이 가게 앞에서 커피를 마시고 있길래 살짝 내다봤다. 레쓰비를 마시는 총각의 외모가 제일 낫더라. 아하, 레쓰비처럼 생겼다는 건 미남이라는 칭찬이었구나! 그럼 그렇지. 레쓰비는 언제나 옳다. 그 시절의 나도 문학 선생님도 좋아한 커피를 몇십 년이 지난 오늘도 마실 수 있다는 사실이 문득 감격스럽다. 오늘은 스타벅스도 티오피도 아닌 레쓰비를 마셔야지.

레쓰비 ~

또 오해영

초등학교 때 사우디에 간 아빠가 돈을 많이 번다고 자랑하는 친구가 있었다. 친구네 집에는 무선 전화기와 물침대가 있었다. 우리는 꿀렁꿀렁한 침대 끄트머리에 앉아서 융드레스를 입은 친구 어머니가 쪄준 감자를 먹었다. 사우디가 어디에 있는지는 몰랐지만 우리 아빠도 꼭 갔으면 좋겠다고 생각했다.

편의점 손님 중에 오일 머니를 벌어본 게 분명한, 그 시절 쿠웨이트 박 스타일을 그대로 고수하고 있는 아저씨가 있다. 나이는 환갑이 훨씬 넘어 보이고 80년대 느낌의 체크 셔츠와 큰 사각 안경을 착용했다. 머리는 이 대 팔 가르마, 시커멓게 탄 피부가 몇십 년이 지났어도 중동의 영광을 그대로 간직하고 있는 것 같다. 유행은 돌고 돈다고 손님의 복고 스타일이 멋있어 보이기도 했다. 그러나 늘 화가 나 있는 표정과 명령조의 말투가 멋있는 스타일을 한방에 날려 버렸다. 어떤 인사에도 대답도 없이 편의점에 들어와서는 "담배"라고만 말했다. 지금이야 뭘 사는지 아니까 묻지도 않고 담배만 주고받지만 나를 투명 인간이나 기계 취급하는 태도는 썩 유쾌하지 않다.

얼마 전 출근길에 그 손님을 보았다. '아침 산책이라니 의외네' 하고 지나치는데 아저씨가 입은 잠바 앞섶이 불룩해 보였다. 가슴팍에 뭘 넣어 다니는 걸까 하고 곁눈질로 훔쳐보았더니 벌어진 옷 틈새로 갈색 털이 뽀글뽀글한 푸들이 얼굴을 내밀었다. 레옹과 마틸다처럼 안 어울리는 조합에 웃음이 터졌다. 게다가 마치 아기 달래듯 푸들에게 말을 중얼거리며 동네를 걷고 있었다.

'강아지 데려오면 버린다던 우리 아빠가 이렇게 변했어요'라는 유튜브 영상이 생각났다. 저 아저씨도 인간에게는 무뚝뚝하나 강아지에게는 한없이 다정한 개아빠였던 것이다. 동물 좋아하는 사람 중에 악인 없다고, 그동안 나에게 했던 냉랭함은 반려견을 더 사랑하기 위한 감정의 아낌이었을지도 모른다. 아저씨의 화난 얼굴도 달라 보였다. 아저씨! 그동안 비호감이라고 오해해서 미안해용!

며칠 후 쿠웨이트 박 아저씨가 저번에 본 모습 그대로 강아지를 품에 안고 가게로 들어왔다. 평소 같으면 말없이 담배만 주고받겠지만 강아지를 본 이상 또 참견을 안 할 수 없었다.

"푸들이 정말 귀여워요! 왜 힘들게 안고 다니세요? 그렇게 예뻐요?"

개를 사랑하는 개아빠로서 내 질문에 웃으며 답할 줄 알았다. 그런데 안 그래도 화가 나 있는 미간이 더 찌푸려졌다.

"아니, 딸년이 여행 간다고 개를 맡기고 갔는데, 개가 지랄 맞아서 계속 밖에 나가자고 그러는 거야. 발 씻겨야지, 똥 치워야지, 귀찮아 죽겠어! 갖다 버릴 수도 없고. 다시는 안 봐줄 거야. 내 담배!"

아아, 그랬던 거구나. 개 발을 씻기기 귀찮아서 강아지를 안고 다녔던 거구나. 개한테 다정히 말 거는 게 아니라

귀찮다고 욕하는 거였구나. 나는 그것도 모르고 다정한
개아빠로 오해했구나. 그때, 아저씨 품에 안긴 푸들이 이
빨을 다 드러내며 나를 향해 으르렁거렸다. 조그만 게 확
그냥! 너 귀엽다고 한 것도 또 오해영!

K.O. 패

우리 편의점도 배달 서비스를 시작했다. 일자리가 늘고 매출이 올라가고 집에서 편히 물건을 받는다는 점에서 배달 업체나 편의점, 이용자 모두에게 좋은 일이다. 중간에 낀 나, 편의점 아르바이트만 빼고.

주문이 확 몰려서 배달이 늦어지기라도 하면 손님들에게서 항의 전화가 온다. 나도 그럴 것 같다. 집에서 빨리 편하게 먹자고 배달비까지 내는 건데 두 시간이 넘어가면 화가 날 것 같다. 그렇지만 라이더들도 배달이 폭주하는 건 어쩔 수 없다. 급하다고 무리했다간 사고 난다. 순차적으로 배달할 뿐인데 매장에서는 눈치 주고 손님은 늦게 왔다고 짜증 낸다. 중간에 낀 나도 억울하다. '라이더가 안 오는 걸 내가 어떻게 하겠소'라고 말하면 손님의 화만 돋울 뿐이다. '배달 업체에 직접 전화해 보쇼'라고 했다가는 싹수없이 말한다고 본사에 항의가 들어갈 것이다. 그저 매우 미안한 목소리로 죄송하다고 말하는 게 최선이다. 치킨 주문이라도 들어온 날에는 튀김이 눅눅해지는 일 분, 일 초마다 똥줄이 탄다(왜 빨리빨리 안 오냐고요오).

오늘따라 라이더 아저씨 손님이 많다. 가게 앞에 오토바이를 대고 담배를 피우거나 음료수를 마신다. 여유로운 모습들이 괜히 얄미워 보인다. 한 라이더 기사님이 바나나 우유를 들고 카운터로 왔다.

"콜을 누를 때는 오지도 않더니 오늘은 기사님들이 한가한가 보네요."

괜한 시비를 걸었다.

"배달이 없으니까 여기 와서 담배 피고 노는 거지. 일이 있는데 콜을 안 받겠어요? 거, 답답한 소리 하시네."

에잇, 괜히 말 걸었다가 국물도 못 건졌다. 상대를 잘못 골랐다(속된 말로 이빨이 센 아저씨다). 샐쭉해져서 "바나나 우유 빨대 드려요?" 하고 퉁명스럽게 물었다.

"당연히 줘야지. 빨대 없이 이걸 어떻게 먹어요?" (이렇게 말하는 사람 진짜 싫다)

"요새 생각 있는 사람들은 환경 보호한다고 플라스틱 빨대 안 쓰거든요."

짹이라도 먹여야겠다는 생각으로 대꾸했다.

"아 맞아, 맞아. 그런 얘기 들었어요. 바다 생물들 뱃속에 플라스틱이 가득하다고. 그런데 아주머니도 생각 있는 사람 되기는 글렀네."

아저씨는 느물거리게 웃으며 우유와 빨대를 챙겨서 나갔다. 내 커피에 빨대가 꽂혀 있는 건 또 언제 봤대(부글부글).

짹 날리려다 어퍼컷 먹었다. 완전 K.O.패.

예쁜 엄마

출근해 보니 분실물 지갑이 하나 있었다. 그 속에는 체크카드 하나와 헌혈 카드가 있었다(요즘 지갑에는 현금이 없어서 유혹적이지 않다). 오후가 다 가도록 지갑을 찾는 연락이 없었다. 헌혈 카드 뒷면에 적혀 있는 비상 연락처로 전화를 걸어보기로 했다.

나는 모르는 번호로 전화가 오면 받지 않는다. 내 휴대폰 번호가 어디에 노출됐는지 도박이나 주식, 부동산을 사라는 전화가 그렇게 많이 온다(내 아이디가 '부자 아줌마'라서 진짜 부자인 줄 아는 건가). 한자리 남은 알짜배기 부동산을 꼭 내게 주고 싶다는 호의 깊은 말투에 "저 편의점 알바 하고 있는데요"라고 말하면 전화가 뚝 끊긴다. 마트 경품 행사나 이벤트에 응모한 후에는 혹시나 당첨 전화인가 하며 전화를 받지만, 역시나 뭔가를 팔려는 전화여서 "죄송합니다" 하고 빨리 끊어 버린다. 그래서 이 비상 연락처의 사람도 당연히 전화를 안 받을 것이고, 안 받으면 지갑 찾아가라는 문자나 남길 작정이었다. 그런데 전화를 바로 받았다. 그것도 아주 꾀꼬리 같은 목소리로 상냥하게 받았다. 마치 '나에게 오는 전화는 전부 좋은 소식이야'라는 듯 밝고 즐거운 목소리여서 깜짝 놀랐다.

"여기 편의점인데요. 갈색 지갑이 분실물로 있어서 연락 드렸어요." "아, 저희 아이 지갑인가 봐요. 바로 찾으러 가 겠습니다." 전화 속의 여자는 재미있는 일이라도 일어난 듯 명랑하게 말했다. 와, 목소리가 이렇게 밝으면 실제로는 얼마나 유쾌한 사람일까. 그리고 얼마 지나지 않아 바로 등장하기로 되어 있던 것처럼 전화의 주인공이 가게로 들어왔다. 베이지색 원피스를 입고 액세서리를 여러 개 착용한 중년 여성이었다. 지갑을 건네자 "이 녀석은 자기가 지갑을 잃어버린 것도 모르나 봐요. 저희 아이가 뭘 사 먹던가요?" 하고 친근하게 물었다.

틴커벨이 아줌마가 된다면 이런 느낌일까!(나는 <해리
포터>의 해그리드 느낌인데) 엄청난 미인은 아니지만, 눈
빛과 말투가 밝은 에너지를 발산하고 있었다. 내가 쓰리
음(음험, 음흉, 음탕)의 분위기를 풍긴다면 이 사람은 그
자체가 '클린 앤 클리어'였다(깨끗하게, 맑게, 자신 있게!).
밝은 기운에 덩치가 훨씬 큰 내가 압도되었다.

얼마 후, 한 남자 중학생이 들어와서는 분실된 지갑이
있느냐고 물었다. 틴커벨 아줌마와 눈매가 똑 닮은 아이
였다. "엄마가 찾아갔어요"라고 했더니 "엄마가요?" 하며
놀랐다. 나는 설마 엉뚱한 사람에게 잘못 줬나 싶어서 "예
쁜 엄마 맞지요? 예쁜 엄마" 하고 물었다. 아이가 "네. 맞
아요"라고 답해서 또 놀랐다. 질풍노도의 남자 중학생이
인정하는 예쁜 엄마라니. 정말 부럽다.

우리 아이들도 나를 예쁜 엄마라고 말해줄까(제 아빠를
닮은 판관 포청천의 후예라 좋은 답은 못 들을 것 같다).
집 밖에서 아이를 마주쳤을 때 엄마를 대하는 태도가 아
이의 마음이라는 말을 들은 적이 있다. 둘째 아이는 몹시

후줄근한 나를 가끔 부끄러워하지만, 대부분은 반가워했다. 첫째 녀석은 집 앞에서 마주친 적이 몇 번 있었는데 모르는 척하지는 않았지만 반가워하지도 않았다. 그래도 내가 들어올 때까지 문을 잡고 있어 줘서 그거면 감지덕지하다고 생각했다.

중학생 때였다. 단짝 친구 유정이와 건널목에 서 있는데 맞은편에 유정이 어머니가 보였다. 학교 가자고 일찍부터 문 두드리는 내게 당신 자식보다 먼저 뜨거운 밥을 내어 주던 분이었다. 나는 반가운 마음에 "유정아, 저기 너희 엄마" 하고 일러 주었지만 유정이는 고개를 숙였다. 유정이 어머니도 분명히 이쪽을 본 것 같은데 유정이가 고개를 숙여서 당황했다.

"남자애들도 많은데. 우리 엄마 쪽팔린단 말이야."

"너희 엄마처럼 좋은 분이 어디에 있니?"라고 말했지만 유정이는 고개를 들지 않았다.

"우리 엄마한테서 고기 냄새나. 저번에는 밤에 개들도 쫓아왔어."

동네에 떠돌이 개가 많던 시절이었다.

"실은 우리 엄마 갈빗집에서 일해. 밤에 잘 때도 고깃집에 있는 기분이야."

내가 아침마다 얻어먹는 참치 동그랑땡도 식당에서 남은 반죽을 갖고 와서 부치는 거라고 했다(어쩐지 맛있더라). 다시 길 건너편을 봤을 때 유정이 어머니는 보이지 않았다.

"어머니가 너 못 보셨대?"

다음 날 유정이에게 물었다.

"봤는데 내가 고개 돌려서 다른 길로 갔대."(이렇게 쿨한 모녀를 봤나)

나라도 반갑게 손이라도 흔들어드릴 걸 그랬다. 남의 자식의 인사야 소용이 없겠지만, 그래도 일 년이나 아침밥을 먹였는데 딸내미와 같이 고개를 숙여 버리다니 서운하셨을까 봐 죄송했다.

유정이는 고등학교 졸업하자마자 엄마와 함께 아버지 근무지인 울산으로 내려갔다. 이제는 고기 냄새가 아니라 꽃향기가 나는 엄마와 발 마사지 샵을 한다고 했다.

인터넷 쇼핑몰에서 액세서리와 원피스를 검색하고 있다. 팅커벨 엄마의 예쁜 패션을 따라 해보려고 한다. 비슷한 원피스를 찾아냈다. 상품 후기를 읽는데 '모델핏과 달라요', '내 몸이 문제'라는 댓글에 정신이 번쩍 들었다. 베이지 니트 원피스를 입은 나를 상상하니 울룩불룩한 인간 타이어가 떠올랐다. 그래, 이건 살 빠지면 입자(응, 평생 못 입어). 원피스에 대한 아쉬운 마음은 접고 액세서리를 검색했다. 대신 목걸이도 두 개, 팔찌는 세 개씩 하자. 그런데 내가 착용한 모습을 상상하니 왜 헤비메탈 로커가 생각나는 걸까. 허리케인 블루가 될 것만 같다.

판콜에이 할머니

옆집에 홀로 사는 할머니가 있다. 연세가 얼마나 되었을
까. 첫째 딸이 환갑이라고 했으니 일찍 낳았어도 여든은
넘었을 것이다. 도시락을 데워달라고 하거나 물을 당신 집
에 들어다 달라고 해서 귀찮아 죽겠다. 팔순 넘은 노인이
라도 계산은 얼마나 정확한지 모른다. 내가 일부러 "이 도
시락이랑 물값이랑 하면 얼마예요?"라고 물으면 '뭘 그깟
걸 물어' 하는 눈빛으로 "칠천오백 원" 하고 정확히 답했
다. 돈도 손끝에 침을 발라가며 얼마나 꼼꼼히 세서 주는
지, 한 장도 더 주는 법이 없다.

할머니는 판콜에이를 물처럼 마셨다. 한 상자에 세 개가 들었는데 매일 두 상자씩 샀다. 할머니는 손에 힘이 없다며 뚜껑을 다 따 달라고 했다. 나는 할머니가 열 수 있을 정도로 살짝만 따서 다시 상자에 넣어드렸다.

"할머니, 감기 들었으면 병원을 가는 게 나아요."

할머니는 이미 먹고 있는 약도 너무 많은데다 판콜에이는 감기 예방에도 좋고 소화에도 좋아서 영양제 삼아 먹는 거라고 말했다.

한번은 할머니가 편의점에 와서 집의 형광등이 나갔다며 어쩌면 좋으냐고 물었다. 나는 그걸 왜 나한테 얘기하냐고 속으로 생각하면서 자식들한테 전화해 보라고 했다. 할머니는 딸은 병에 걸려서 아프고, 먼데 사는 아들은 지난주에 왔다 가서 또 오라고 할 수가 없다고 했다. 결국 나보고 형광등을 갈아 달라는 소리였다. 일단 알았다고 말하고는 일이 끝나면 가 보겠다고 했다. 때마침 편의점 남자 사장님이 오셨기에 옆집 할머니가 형광등을 갈아 달랬다고, 사장님이 가 보라고 등을 떠밀었다. 마음씨 좋은 남자 사장님은 자기 일마냥 철물점을 오가더니 할머니 집 형광등을 갈아 주었다.

며칠 후에 웬 남성이 정중한 인사를 하며 편의점으로 들어왔다. 옆집 할머니 아들인데 형광등 갈아 주었다는 얘기를 들었다며 정말 감사하다고 했다. 내가 한 게 아니고 남자 사장님이 갈아 준 거라고 했더니, 어쨌든 내외분이 저희 어머니 신경 많이 써주는 거 안다며 거듭 감사하다고 했다. 나는 신경도 안 쓰고 있을뿐더러, 남자 사장님하고는 부부가 아니라고 말하고 싶었지만 타이밍을 놓쳤다.

　너무 감사해서 어떻게 표현해야 할지 모르겠다고 말하던 아드님은 주위를 둘러보더니 박카스 스무 병이 들어 있는 선물 세트를 들고 카운터로 왔다. 나는 마음속으로 '아싸'를 외치면서 '비타 오백이 더 좋은데'라고 생각했다. 계산을 마치고 난 아드님은 "정말 감사합니다"라고 인사하더니 그대로 박카스를 들고 가버렸다. 응? 나는 진짜 나주려는 줄 알았다. 고마운 짓은 하나도 안 했지만, 하도 고맙다고 하니까 나 사주는 줄 알았다. 거기다 대고 '이런거 안 주셔도 돼요. 이웃을 도왔을 뿐이에요'라며 손사래를 쳤으면 전설의 흑역사를 만들 뻔했다.

　다음 날 할머니가 박카스 한 병을 들고 와서 뚜껑을 따

달라고 했다.

"오늘은 판콜에이 안 사셔요?"

"우리 아들이 그거 먹지 말래. 이거를 하루에 한 병씩 스무날 마시고 있으면 또 사 주러 온대."

내가 판콜에이를 많이 먹으면 안 좋다고 할 때는 들은 척도 안 하더니 아들 한마디에 생각이 싹 바뀌셨네. 매일 판콜에이 두 박스면 오천 원이 넘는데 큰 매상을 놓쳐 버렸다. 내 손 안에 덩그러니 남아있는 박카스 뚜껑이 이래저래 얄미워 죽겠다.

나가 있어!

　오후 세 시쯤 편의점 앞에 노란 봉고차가 멈추고 도복을 입은 남자아이가 내린다. 그 아이는 마중 나온 할아버지의 손을 붙잡고 곧장 편의점으로 들어온다. 백발의 할아버지는 들어오자마자 비밀스러운 일을 하듯 "얼른 골라" 하고 아이를 재촉한다. 눈을 사로잡는 상품들에 늘 갈팡질팡하던 아이는 요새 달고나에 빠져서 고민하지 않고 재빨리 집는다. "그런 거 먹이면 네 어미한테 혼나는데. 우유 마셨다고 해야 해." 아이는 익숙한 듯이 "네" 하고 대답한다. 그리고 곧바로 할아버지는 아이에게 "나가 있어!"라며 아이의 등을 떠민다. 아이가 편의점 밖으로 나가면 나는 밀거래라도 하는 사람처럼 할아버지가 매일 사는 담배를 건네고, 할아버지는 손자가 볼까 싶어 담배를 얼른 주머니에 감춘다.

어제는 할아버지 대신 엄마가 아이와 함께 편의점에 왔다. 아이 엄마는 곧바로 흰 우유 하나를 집었다. 요 앙큼한 꼬마는 마치 '오늘은 글렀어. 달콤한 간식은 할아버지 있을 때만!'이라는 듯 달고나를 쳐다만 볼 뿐 사달라고 조르지 않았다. 엄마가 돈을 내는 동안 나를 뻔히 올려다보던 아이가 물었다.

"우리 할아버지 담배 사죠?"

아이 엄마가 "뭐어? 할아버지가 담배 사셔?" 하고 놀랐다. "나보고 매일 밖에 나가 있으라고 하고 뭐 사." 아이의 말에 진땀이 났다. 아이 엄마는 나를 쳐다보며 내 다음 말을 기다렸다.

이 분이 친딸일까, 며느리일까. 담배 피우는 아버지의 건강을 염려하는 걸까, 흡연하는 할아버지 옆에 있는 아들을 걱정하는 걸까. 담배를 산다고 진실을 말해야 하나, 우리 가게 손님을 보호해야 하나, 순간 별별 생각을 다 했다.

"어… 할아버지가 나보고 예쁘다고 말하고 싶은데 네가 있으니 부끄러워서 나가라고 하는 거야."

좀 낯 뜨거운 소리긴 하지만 이런 능글맞은 아줌마를 젊은 사람들은 싫어하니까, 아이 엄마는 어이없어하며 빨리 나갈 것이다.

아이는 그런가 하고 내 얼굴을 보다가 "어, 아닌데요. 우리 할아버지는 예쁜 여자 좋아해요"라고 정색했다. 아이 엄마는 크게 웃는 어깨를 간신히 누르고 아이에게 말했다.

"너, 나가 있어!"

아이들이 진실만을 말한다는 편견을 버려야 한다. 요새 아이들은 보는 눈이 없다.

좋으시겠어요

    스쿠터를 타고 편의점에 오는 모녀 손님이 있다. 나라에서 지원하는 아동급식카드로 장을 알뜰하게 본다. 엄마는 동남아 사람인데 아이와 하는 대화를 들어 봐도 그게 태국말인지, 베트남말인지 모르겠다. 모녀를 처음 봤을 때 딸내미가 초등 저학년이었으니 한국에 온 지 십 년은 됐을 것 같은데 엄마의 한국말은 들을 수 없었다. 아이가 통역사처럼 엄마 옆에 딱 붙어서 내 말을 전달했다.

    동남아 사람 특유의 선량하고 큰 눈을 가진 엄마는 겁도 많아 보였다. 아마 한국말을 잘 못해서 주눅이 든 것 같았다. 아이는 엄마처럼 키가 작은 편이지만 엄마의 큰 눈을 빼다 박아 아주 예뻤다. 다행히 엄마의 겁은 물려받지 않았다. 또랑또랑하고 맑은 목소리로 "이거는 얼마예요?", "한도가 넘었으니 이거는 빼주세요" 야무지게 말도 잘했다. 한국말이 서툰 엄마를 도우면서 아이는 또래보다 많이 성숙해진 것 같았다.

해가 바뀌면서 키가 쑥 자란 아이가 혼자 장을 보러 왔다. 엄마랑 여러 번 사 봐서 아는지 달걀, 콩나물, 두부 같은 것을 잘 골랐다. 가끔 미니 롤케이크 같은 걸 추가하고는 "이 정도는 괜찮겠죠?" 하며 웃었다. 엄마, 아빠의 사랑을 많이 받은 티가 났다.

"엄마는 요새 왜 안 오셔?"

"일하러 가셨어요. 우리 엄마 이제 한국말 잘해요."

오늘 낮에 딸아이의 엄마가 혼자 왔다. 오랜만에 왔다고 내게 눈으로 아는 체를 했다. 족발에 귤도 사고 햄도 샀다. 장 보는 물건을 보니 형편이 나아진 것 같아서 기분이 좋았다. 장바구니에 물건을 넣으면서 괜히 말을 걸었다.

"딸내미가 몇 학년이 된 거죠? 똘똘하니 예뻐 죽겠어요."

늘 수줍다 못해 겁이 많아 보이던 아주머니의 얼굴이 확

피었다.

"5학년이요. 다들 그렇게 말해요. 선생님들도 예쁘다고 난리고."

엄마의 어깨가 쫙 펴졌다.

"좋으시겠어요."

아이 엄마는 계산을 마치고 나가려다 다시 말을 했다.

"우리 애가 3개 국어 하잖아요."

"네? 3개 국어요?"

'어떻게'를 '어뜨케'로 쓰는 우리집 스무 살 첫째가 생각났다.

"한국 사람이니까 한국말 당연하고, 베트남어, 영어까지 다 해요. 내가 영어 할 줄 아니까 다 가르쳤죠."

"좋으시겠어요…."

"공부도 잘해서 장학금도 받고. 걱정이 없어요, 나는."

나는 자식 걱정이 구만리인데… 아니 그런데 저 엄마, 한국말이 언제부터 저렇게 청산유수였지? 이유 모를 부아가 치민다(다시는 말을 거나 봐라).

귀여운 할아버지

    계산할 때 손님의 지갑을 보게 된다. 지갑에서 신용카드를 꺼내는지 현금을 꺼내는지 보고 재빨리 응대해야 하기 때문이다. 대신 다양한 지갑을 구경하는 재미가 있다. 초등학생들은 강아지 얼굴이나 헬로키티가 그려진 앙증맞은 지갑을 가지고 다닌다. 내가 중학생 때는 두꺼운 종이로 만든 지갑을 들고 다녔는데 요새 학생들이 명품 지갑 꺼내는 것을 보면 놀랍다(부럽다).

    아저씨들의 지갑에서는 의외의 귀여움이 발견된다. 주민등록증이 있어야 할 자리에 사진이 잔뜩 들어 있다. 나처럼 통통한 부인이 철쭉 사이에 부끄러워하며 서 있는 사진이나 딸내미의 증명사진, 강아지 사진도 사랑스럽다. 솔기가 다 뜯어진 어느 할아버지의 지갑엔 당신의 소싯적 사진, 군복 입은 전우들 사진, 손자 손녀 사진까지 덕지덕지 끼어 있어 웃음이 난다. 지갑 속에 아끼는 사람들의 사진을 품고 다니는 건 어떤 기분일까. 지갑을 열어 사진을 볼 때마다 '사랑하는 내 가족!' 하며 없던 힘도 솟는 것일까.

편의점에 자주 오는 한 할아버지는 지갑 속에 귀여운 사진은 많지만, 실상은 나를 짜증 나게 하는 손님이다. 할아버지가 술을 많이 먹는 걸 알게 된 가족들이 편의점에 찾아와 할아버지한테는 술을 팔지 말라고 부탁했다. 할아버지는 다른 마트까지 가기에는 다리가 성치 않아 힘들다고, 조금만 마실 테니 술을 안 판다는 말은 하지 말아 달라고 했다(중간에 낀 나는 환장하겠다). 나는 이도 저도 다 짜증이 나서 할아버지가 올 때마다 땍땍거렸더니 내 눈치를 보며 뇌물을 가져오기 시작했다.

처음에는 조악한 브로치와 도금 목걸이(진짜 금이었으면 친절했을지도)를 가져왔다. 다음에는 쇠고기 육포도 가져오고, 엊그제는 삶은 달걀, 어제는 튀밥을 한 봉지 가져오더니 오늘은 급기야 작은 쇼핑백을 건넸다. 나는 미간을 찌푸린 채 전혀 고맙지 않은 표정으로 이런 거 안 주셔도 된다고, 저는 잘 안 먹는 사람이라고 했지만 안 믿는 것 같았다(거울을 봐, 누가 믿겠어). 할아버지는 당신이 토스트를 먹는 시간이라(세련된 노인임을 강조) 만드는 김에 하나 더 했으니 따뜻할 때 얼른 먹으라고 했다. 물론 소주 사는 것을 잊지 않았다. 쇼핑백 안에는 진짜 방금 만들었는지 따뜻한 토스트와 비싼 생과일 주스 여러 병이 들어 있었다. 갑자기 할아버지의 가족이 쳐들어와 '노인네가 토스트를 해서 나가고 집에 있는 패물과 음식이 자꾸 없어진다 했더니 네 년이었구나!' 하며 내 멱살을 잡는 막장 드라마가 그려졌다. (김치 싸대기를 맞기 전에) 할아버지가 내 눈치를 보며 집안의 물건을 들고나오지 않게 그만 땍땍거려야겠다.

그나저나 토스트 먹는 시간이라며 빵을 구워 잼을 바르고 치즈를 넣는 할아버지라니 좀 귀엽다(아, 아니다. 절대 귀엽지 않다).

마음 상한 콜라

남자의 사랑은 눈으로 오고 여자의 사랑은 귀로 온다고 한다. 남자는 여자의 외모에 끌리고, 여자는 남자의 속삭임에 넘어간다는 뜻이란다. 나는 무엇이든 다 해 주겠다는 남친(현 남편)의 말을 믿기로 했다. 세상 물정 모르던 나는 고기를 자주 먹는 (윤택한) 결혼생활이면 좋겠다고 했다(그때의 어리석은 나를 저주한다). 어릴 때는 고기를 못 먹다가 뒤늦게 육식에 눈떠 삼겹살에 환장할 때였다. 지금도 삼겹살이 땡긴다고 하면 벨기에 삼겹살이라도 사와 부루스타에 구워주고 있으니 결혼 약속은 잘 지켜지고 있는 셈이다.

물건에 대한 사랑은 손끝에서 온다. 매일 두 손으로 상품의 먼지를 닦고 만지다 보면 애정이 생긴다. 새 주인을 찾아 쑥쑥 잘나가는 아이들은 기특하고, 먼지를 뒤집어 쓰고 있는 아이들을 보면 안타깝다. "도시락은 CU보다 지에스25죠." "치킨도 미니스톱보다 여기가 나은 것 같아요." 손님들의 칭찬에 내가 지에스 리테일 사장인 것처럼 입꼬리가 올라간다. 반대로 손님이 우리 제품을 혹평하면 그렇게 마음이 상할 수가 없다. 물론 나도 '이 제품은 별로네', '맛이 없네' 하고 신랄한 비평을 하지만, 우리 애를 내가 혼내는 것은 괜찮지만 남편이 혼내면 마음이 언짢은 것과 비슷한 기분이 든다.

한 남자아이가 엄마와 함께 편의점에 들어왔다. 그 또래 아이들이 그렇듯이 오만가지 물건이 가득한 편의점에 눈이 휘둥그레진다. "엄마, 이거." "안 돼. 그거 불량식품이야!"(아닌데요) "엄마, 이거요." "안 돼. 이 썩어!" "저거는 살쪄서 안 돼." (이러실 거면 왜 오셨나요?) 내 새끼들 단점은 나도 잘 알고 있지만 험담만 늘어놓는 손님이 얄미웠다. 엄마와의 오랜 실랑이 끝에 결국 아이가 고른 것은 치킨이었다(나이가 어려도 치킨은 진리). 매장에서 직접 조리하는 치킨은 효자 상품이다. 한 조각씩만 사 먹을 수 있으니 학생들과 1인 가구에 인기다. 손님에게 치킨과 증정품인 콜라를 건넸다.

"콜라 말고 다른 걸로 바꿔 가면 안 돼요?" 아이 엄마가 물었다. "세트 상품으로 나와서요. 다른 상품으로 대체는 불가합니다." "엄마, 콜라가 왜 싫어?" 옆에서 듣고 있던 아이가 물었다. "콜라는 몸에 나쁜 거야." "몸에 나쁜데 왜 먹으라고 줘?" 잠시 망설이던 아이 엄마가 말했다.

"아냐, 먹으라고 준 게 아니고 화장실 변기 닦으라고 주는 거야."

아이고, 아주머니. 김빠진 콜라로 청소한다는 이야기는 저도 들어봤습니다만, 치킨이랑 맛있게 드시라고 콜라를 드리는 저로서는 듣기가 좀 섭섭하네요(듣는 콜라가 마음 상할까 싶어 귀를 막아주고 싶었다). 아이 엄마의 계산이 끝나기를 기다리던 다음 손님이 카운터에 펩시콜라 두 개를 내려놓았다. 왠지 미안해져서 눈을 마주칠 수 없었다.

당당한 아주머니

처음 보는 아주머니 손님이 곧장 내게로 왔다.

"빈 생수병 같은 거 있으면 하나 줘요."

가끔 아픈 데도 없는 멀쩡한 사람이 문간에 서서 "물 하나 줘 봐요", "소주 한 병 갖고 와요" 하는 것도 기가 막혀 죽겠는데 물을 사는 것도 아니고 빈 물통을 가져오라니. 단골손님이 그러면야 사정이 있겠거니 하고 쓰레기통을 찾아볼 수도 있지만, 맡겨 놓은 거 내놓으라는 듯한 말투까지, 황당했다.

"방금 휴지통 비워서 아무것도 없는데요" 하고 쏘아붙

였다. 아주머니는 "어쩌나"라고 했다(어쩌긴요. 빈 물병이 필요하면 물을 사면 되죠). 아주머니는 두리번거리다 쓰레기통 쪽으로 갔다. '어머, 저 아주머니 미쳤나 봐. 내가 휴지통 비워서 없다니까 내 말이 거짓말인지 확인하러 가는 거야?' 기가 차려는 그때, 아주머니가 계산하려고 들고 온 것은 고양이 간식이었다. "천이백 원이요." 계산하면서 슬쩍 다시 물었다. "빈 물병은 뭐에 쓰시게요?"

"저 담벼락 아래 고양이가 새끼를 낳았나 봐요. 물 주려고 그러죠."

나도 고양이 집사인데다 길고양이에게 밥을 챙겨주고 있다. 처음부터 고양이 얘기를 했으면 내가 난지 매립장에라도 가서 물병을 가져왔을 텐데 이상한 아주머니라고 공연히 흉봤다. "그럼, 이거라도 드릴까요?" 마시고 있던 컵커피의 뚜껑을 벗겨내 빨대 구멍은 테이프로 막았다.

"좀 작기는 한데 어쩔 수 없죠. 여기에 수돗물 좀 채워줘요."

길고양이 준다는 말에 내 마음이 녹기는 했는데 이 아주머니 누구한테든 이거 해라, 저거 해라, 하는 말솜씨가 일품이다. 수돗물도 전부 갖다 버렸다고 할 수는 없어서 뚜껑을 씻고 물을 채웠다. 뚜껑이 작기는 했다.

"햇반 그릇이 딱 좋은데. 앞으로 그런 게 있으면 잘 모아 둬요."

응? 편의점을 나가면서도 내게 일을 시키고 가는 아주머니의 말에 웃음이 빵 터졌다. '누가 돈이라도 달래? 버리는 거 모아 두라는데 내가 왜 부탁해야 해'라는 듯한 말투였다. 그래, 사람은 기세가 전부다. 얼토당토않은 말도 자신감 있게 밀어붙여야 기타 의견에라도 들어갈 수 있다. 쭈구리와 눈치, 주눅이 기본값인 나는 아주머니의 태도가 몹시 부러웠다. 나도 저렇게 당당하게 살리라!

점심으로 오뚜기 컵밥을 먹었다. 그런데 나 왜 다 먹은 햇반 용기를 벅벅 씻고 있는 거니.

편의점 진짜 좋아요!

슬픈 눈을 한 아가씨 손님이 물었다.

"요새는 그런 거 없지요?"

하도 힘없이 물어서 헤어진 애인이라도 찾으러 다니는 줄 알았다.

"어, 어떤 거요?"

"휴대폰 급속 충전이요."

예전에는 천 원에 삼십 분씩 휴대폰을 충전해 주는 서비스가 있었다. 아마 천 원어치 전기보다 비싼 충전기나 보조배터리를 파는 게 이윤이 높아서 없어졌을 것이다. 나도 어쩔 수 없이 비싼 충전기와 보조배터리를 권했다. 충전기는 만 원이 넘고 보조배터리는 이만 원이나 한다. 손님은 고개를 저었다.

"충전기도 보조배터리도 집에 너무 많아서요. 지금 이동해야 해서 충전기도 소용없고, 보조배터리는 너무 비싸요."

난감한 듯 울상 짓는 손님의 가방에 학습지 꾸러미가 가득한 것이 보였다.

"아! 이건 어떠세요?" 순간 떠오른 게 있어서 물건을 하나 찾아 건넸다. 얼마 전에 새로 입고된 일회용 배터리였다. 가격은 사천 원으로 싼 편은 아니지만 지금 이 손님에겐 적절한 제품 같았다.

"대박! 이런 게 있어요? 진짜 좋다. 이거 만든 사람 천재! 편의점 진짜 짱이에요!"

억양까지 높인 신난 목소리에 내 기분도 하늘로 솟았다(학습지 선생님이어서 그런지 리액션이 좋았다). 처음의 슬픈 얼굴은 어디로 가버리고, 다시 이십 대 생기발랄한 표정으로 돌아왔다. 명랑한 기운이 금세 내게로 옮겨왔다. 나도 이왕이면 듣는 사람이 기분 좋게, 칭찬도 아끼지 말고, 행복한 말들을 해야겠다고 생각했다.

충전 단자에 일회용 배터리를 꽂으니 바로 스마트폰이
켜졌다.

"살았다, 편의점 진짜 좋아요!"

저도 손님이 좋아요!(응?)

아가씨 손님은 만족스러운 표정으로 편의점을 나섰다.

내 담배 주시오

처음 보는 손님이 대뜸 "내 담배 주시오"라고 말했다. '내 담배'라고 말할 정도면 구면이어야 할 텐데 정말 처음 보는 얼굴이었다. "죄송해요. 무슨 담배죠?"라고 물었다. 며칠 뒤 그 손님이 또 다짜고짜 말했다. "내 담배 주시오." '아, 저번에 그 아저씨인데 무슨 담배더라' 기억이 안 났다. 마취 수술 세 번에 기억력이 많이 감퇴했다(제왕절개 두 번, 쌍꺼풀 한 번). 게다가 매일 오는 것도 아니고 어쩌다 오는 사람의 담배까지 기억하기엔 뇌 용량이 작다. 머뭇거리자 그 아저씨는 "에헤이, 내 담배는 기억해야지. 아주머니는 내 담배를 기억해 줘야 해"라고 능글거리게 웃으며 말했다. 전혀 모르는 사람이 친한 사이인 척 들이대서 좀 불쾌했다.

나야말로 농담하고 수다 떠는 걸 좋아하지만 사람이 친해지는 데는 순서가 있다. 얼굴을 익히고 이야기를 나누다 친해지면 농담도 하는 거다. 인간 대 인간으로 아니, 손님과 점원 사이라도 관계를 맺는 과정이 필요하다. 대꾸하기 싫어서 아무 말 없이 담배를 건넸더니 이번에는 담배 그림을 바꿔 달란다.

"이거 말고, 저 뒤에 것. 아니 한 칸 더 뒤에 봐 봐요. 어, 그래 그거."

한 번은 넘어가기로 했다(담배 그림 바꿔 달라는 손님을 싫어한다). 다짜고짜 아저씨는 다음 날 또 왔다. '내 담배' 달라는 말에 이번에는 기억이 났으나 일부러 모르는 체했다. 또 담배 사진이 마음에 안 든다며 바꿔 달란다.

"다음부터는 안 바꿔드려요."

"아니 왜? 그게 뭐 힘들다고?"

아저씨가 큰 목소리로 눈을 부라리며 말해서 좀 겁났다.

"손님은 한 번이지만 저는 그 한 번이 오십 번이 될 수도 있어요. 더 뒤에 걸로 바꿔 달라고 하면 백 번이 될 수도 있고요."

아저씨는 퉁명스럽게 "알았어요"라고 말하고는 나가버렸다. 기분 나빠서 다시는 안 오겠다 싶었다.

오랜만에 그 아저씨 손님이 왔다. 이번에는 양손을 모으고 "에쎄 한 갑 주십시오"라고 말해서 나를 엿 먹이려는 건가 했다. 하필 맨 앞의 담배가 사람들이 제일 싫어하는, 목에 아기 주먹만 한 구멍이 뚫려 있는 사진이었다. 손님은 아무 불평 없이 담배를 받아 갔다. 이후로도 그 손님은 능글맞은 농담도 안 하고, 담배를 바꿔 달라는 요구도 하지 않았다. 자주 보니 꽤 신사다운 아저씨라는 생각마저 들었다. 언짢을 수 있는 나의 잔소리를 들어주고 행동을 바꿔 줘서 고맙기도 했다. 어쩌면 저 손님은 그동안 자신의 말투가 유머라고 생각했을 수도 있겠다. '나는 편의점 알바도 웃게 만드는 호감형의 아저씨야'라는 자부심이 있었을지도 모른다.

아마 밖에선 나도 보통 이상의 진상일 것이다. 과일을 실컷 주무르다 사지도 않고, "저번엔 맛있었는데 오늘은 별로네요"라고 식당 주인에게 솔직함을 가장한 쓸데없는 말을 하고, "아래보다 여기가 더 비싼 거 아시죠. 이웃이라 여기 와요"라고 세탁소 사장님에게 유세를 떨었다. 얼마나 꼴 보기 싫었을까. '아니, 물건 팔면서 그 정도도 감수 안 해?'라고 생각하는 사람과 만나고 있다면 갑질과 꼰대의 싹수가 있는 것이니 얼른 헤어질 결심을 하자.

남을 흉보기 전에 나를 먼저 돌아보고, 배려를 바라기 전에 내가 먼저 예의를 지켜야 한다. 그저 물건을 사고파는 사소한 일처럼 보이지만 우리는 각자의 태도와 생각을 주고 받기 때문이다. 오늘, 정중한 태도로 담배를 달라고 말하던 아저씨는 꽤 멋있어 보였다.

두 얼굴의 담배

요즘 편의점은 가제트 형사 팔처럼 만능이다(요새는 도라에몽 주머니라고 해야 한다는데). 치킨은 물론 과일과 꽃도 팔고 택배, 공과금 수납과 배달 서비스까지 한다(이러다 이사 서비스까지 하는 거 아닌가 몰라). 그런데 가끔 편의점에 오는 어르신들이 이런 얘기를 한다.

"담배 점방에서 별거를 다 파네요."

"하하하. 맞네요. 원래는 담배 점방이 맞지요."

점방 아니 편의점은 손님들이 담배를 사러 왔다가 커피도 사고 맥주도 사는 곳이다. 그만큼 편의점에서 담배는 이윤이 적어 장사에는 큰 도움이 안 된다고 해도 절대로 빼놓을 수 없는 품목이다.

　이윤이 적다는 이유만 있다면 좋으련만 담배는 여러 가지 이유로 애증의 대상이다. 일단 초보 아르바이트에게 담배 이름 파악하기는 화학 원소 주기율표 외우기와 맞먹는다. 비슷한 이름이 많아 헷갈리고('에쎄'로 시작하는 담배만 해도 스무 가지가 넘는다) 신제품도 자주 들어온다. 어느 때는 손님이 원하는 담배를 빨리 찾는 스피드 게임을 하고 있다는 생각도 든다. 이제 좀 이름과 자리를 외웠다 치면 담배 회사의 영업 사원이 자리를 바꿔 놓아 습관대로 담배를 꺼냈다가는 엉뚱한 담배를 내놓게 된다.

　또, 몸에도 안 좋은 것을 미성년자들은 어찌나 사고 싶어 하는지 얘들과의 눈치 싸움도 치열하다. 짙은 화장을 하고 문신한 팔뚝을 보여 줘도, 목소리를 깔아도 미성년자는 티가 난다. 신분증을 잃어버렸다는 핑계도, 매번 여기서 샀었다는 거짓말도 구태의연하다.

　신분증을 보여 달라는 요청에 자기가 동안이냐며 좋아하는 사람도 있고, 저번에도 봤는데 또 보냐며 짜증을 부리는 사람도 있다. 담배 그림 바꿔 달라는 손님한테는 내가 짜증이 난다. "뒤에 거, 더 뒤에 거" 하며 대여섯 개를 꺼내게 하는 손님을 만나면 어르신이고 뭐고 쫓아버리고 싶다.

판매하는 라이터를 한 번만 쓰자는 사람도 얄밉다. "집에 라이터가 많아서 그래요. 딱 한 번만 쓰고 줄게요." (아니 그럼 본인 돈은 아깝고 누가 한 번 쓴 라이터를 다른 사람이 사는 건 괜찮은가) 정말 얌체다. 누가 유리문을 두드려서 나가보면 담배를 피우고 있어서 못 들어가니 담배를 갖다 달라며 돈을 주는 사람도 있다(환장한다).

담배꽁초나 담뱃갑을 바닥에 던지고 가는 사람은 애교다. 바닥에 침을 뱉는 놈은 그걸 고스란히 떠다가 정수리에 얹어주고 싶다(또, 또 있다). 딴에는 담배꽁초를 모아서 깔끔하게 버린다고 생각한 건가. 꽁초가 가득 담긴 커피 컵을 버리고 가는 사람에겐 정말 화가 난다. 커피와 담배가 섞인 냄새는 너무 역하다. 편의점에 투척하고 가는 꽁초 컵을 누군가가(나다, 나!) 손으로 꺼내 치운다는 사실을 알고 있는지. 자기는 손님이고 너는 파는 사람이니, 자기가 만든 더러운 쓰레기를 남이 치워도 된다고 생각하는지 진심으로 묻고 싶다.

좋은 것만 말하기에도 바쁜 세상에 열렬히 나쁜 점만 말하게 하다니 담배는 진정 백해무익한 것인가. 영화나 소설속의 담배는 쓸쓸함이나 슬픔, 위로의 상징이던데 왜 현실의 담배는 멋있을 수 없을까. 가장 사랑받는 동시에 가장 비난받는 기호식품이라는 점은 담배의 아이러니다.

돌아가신 할머니도 담배를 태우셨다. 처음에는 장미였다가 팔팔 라이트로 갈아타더니 에쎄 스페셜 골드에 정착했다. 할머니는 베란다의 안락의자에 기대어 담배를 피웠다. 재떨이는 작은 장독대 모양이었고 그 안은 바닷모래로 채워져 있었다. 할머니의 모습은 이상하게 쓸쓸했다.

"할머니, 담배는 몸에 안 좋대요."

"이것도 안 태우면 무슨 낙으로 사니."

과부 삼십 년, 외로웠던 한 여자의 삶을 생각하니 더는 할 말이 없었다. 나는 종종 에쎄 스페셜 골드를 보루로 사다 드렸다. 적적한 하루, 기나긴 밤, 담배를 태우는 순간만이라도 쓸쓸함이 사라지길 바라면서.

담배가 스트레스를 날려 버린다고 한다. 얼마나 힘이 들면 담뱃갑에 흉측한 그림이 있는데도, 온 세상이 흡연을 말리는데도 피울 수밖에 없을까. 하지만 해로운 것은 해로운 것이다. 손님이 말하는 담배를 빨리 찾아주는 스피드 게임 대신, 전설의 골키퍼 김병지처럼(그의 SNS엔 '내 뒤에 공은 없다'라고 쓰여 있다. 멋있다!) 담배 진열대 앞을 지키고 서서 흡연 욕구를 다 막아내고 싶다. 통통 쳐내고 싶다.

덧붙여서 🐾

출근하면 담배 보루를 풀러 진열장을 꽉 채운다. 손님이 담배 네 갑을 달라고 하는데 두 갑만 진열되어 있으면 나머지 두 갑은 못 판다. 바쁜 한국인들은 보루를 꺼내 푸를 때까지 기다려주지 않기 때문이다.

손님이 "말보로 골드 주세요"라고 말하면 보통은 한 갑을 얘기하는 거지만, 나는 꼭 "몇 갑 드려요?"라고 되묻는다. 당연히 한 갑을 생각했던 손님도 갑작스러운 질문에 얼떨결에 "두 개요"라고 말하기도 한다. 짧은 질문 하나로 한 갑 팔 걸 두 갑이나 팔 수 있다. 이것이 편의점 십 년차 베테랑 아르바이트의 담배 팔기 기술이다(다 쳐내고 싶다며? 팔 건 팔아야지. 점장님 놀래).

월요병 치료법

"선생님도 월요병이 있나요?"

투자에 성공해서 퇴직한 분의 SNS에 이런 질문을 한 적이 있다.

"생각해 보니 월요병이란 말이 있었네요. 지금은 당연히 없습니다. 내일은 마당에 가마솥을 걸 수 있는 아궁이를 만들 생각입니다."

곧장 유쾌한 댓글이 달렸다. 아, 출근하지 않는 사람에겐 월요(일 싫어)병이 없구나. 나는 월요일을 생각하면 뚜껑이 열릴 것 같은데 저 사람은 솥뚜껑 삼겹살 구이를 먹겠구나, 부러워서 월요병이 더 심해졌다.

나는 만성 월요병을 앓고 있다. 일요일의 해가 저물기 시작하면 우울해지고 심술이 올라왔다. 잠깐씩 월요병이 사라졌던 때도 있었다. 여고 시절 선생님을 짝사랑할 때와 성인이 되어 연애할 때는 월요병이 없었다. 윤종신의 노래처럼 아침마다 다시 태어나는 것 같았다(그러다 사랑이 끝나면 드라마 <머나먼 정글>의 주제곡인 '둥둥둥둥'으로 시작하는 'Paint it black'이 주제곡이 되었지만).

처음 일했던 편의점은 시장이자 먹자골목의 초입에 있었다. 손님의 대부분은 시장 사람들이거나 뒷골목 유흥가에서 밤을 보내고 나온 사람들이었다. 낡은 주머니에서 나오는 구겨진 돈과 술 냄새에 찌든 말을 듣고 있으면 나까지 추레해지는 기분이 들었다. 두 번째로 일했던 곳은 병원 안에 있는 편의점이었다. 손님 대부분은 입원 환자와 문병을 오는 사람들이었다. 편의점에서는 환자에게 필요한 세면도구와 성인용 기저귀, 침대에 까는 패드, 소변통까지 팔았다. 물건을 사러 온 사람들의 표정은 대체로 어두웠다. 점장님이 '오늘은 왜 손님이 적지' 하고 한숨을 쉬면 사람들이 아프기를 기대하는 것 같아 마음이 불편했다. 고속도로 갓길에서 교통사고를 기다리는 레커차가 된 것 같았다. 또 이런 기분으로 일주일을 버티겠구나 하는 생각으로 월요일마다 힘겨웠다. 이제 와 생각해 보니 낡은 옷차림과 어두운 표정의 사람을 상대하기 싫었던 건 나와 닮았기 때문이었다. 사람은 자신과 똑같은 모습을 싫어한다더니 진짜 추레한 건, 나였다.

그때의 나는 좀 우울했던 것 같다. 보증금이 싸다는 이유로 봉천동 반지하에서 아이를 낳았지만 기댈 곳 하나 없는 외로움이, 남편은 죽도록 일하지만 나아지지 않는 형편이, 어쩌면 이대로 단칸방을 벗어날 수 없을지도 모른다는 두려움이 툭하면 눈물을 쏟게 했다. 나 자신조차 돌볼 수 없는 형편없는 마음으로 출근한 곳에서 만난 사람들이 좋을 리 없었다. 새벽 시장 다녀오느라 아침을 못 먹었다며 빵과 우유를 게걸스럽게 먹는 상인 아저씨가 싫었고, 아침부터 술 냄새를 풍기며 돌아다니는 사람은 혐오스러웠다. 이깟 최저시급을 벌려고 이런 사람들을 상대하는 내가 싫었다. 그깟 최저시급이 너무도 필요했으면서.

성공하고 싶거든 만나는 사람과 사는 환경을 바꿔보라는 글을 읽었다. 하지만 반지하 단칸방에 살며 편의점 아르바이트를 하는 내가 환경과 사람을 바꾸기는 쉽지 않았다. 만사에 무기력하던 내가 오늘을 사는 사람들의 이야기를 할 수 있게 된 건 잘난 사람들을 만나거나 부족함 없는 환경으로 옮겨서가 아니었다.

방에만 누워 있으면 죽는다며 굽어진 허리에 전대를 두른 할머니, 목소리가 큰 생선가게 아저씨, 시간이 안 간다며 편의점에 내려와 당신의 이야기를 한참 덜어놓고 가는 환자복을 입은 사람들이 내게 에너지를 주었다. 그들의 이야기를 듣다 보니 삶의 기운은 잘난 사람들의 세상에만 흐르는 게 아니라 시장과 병원에서, 우리의 일상에서 더 치열하게 요동친다는 것을 알았다. 그리고 어쩌면 편의점에서 일하는 보잘것없는 나도 누군가의 에너지가 될 수 있지 않을까, 삶을 대하는 내 마음이 달라진다면 인생의 전부는 아니어도 오늘은 바꿀 수 있지 않을까, 기대하게 되었다.

지금 일하는 편의점은 한적한 주택가에 있다. 아침에는 커피를 마시는 직장인, 점심에는 주부, 오후에는 간식을 사러 오는 학생 손님이 많다. 평범한 사람들 틈에서 나도 같이 삶의 기운을 느끼며 예전만큼 월요일이 힘들다고 말하지 않는다. 하지만 이곳에도 아침부터 술에 취한 사람, 길거리에서 싸우는 사람, 옷차림이 더럽거나 안색이 안 좋은 사람들이 있다. 하지만 그들을 대하는 나의 태도가 달라졌다. 무슨 일이 있기에 몸을 못 가누도록 취했을까, 얼마나 억울하기에 저렇게 언성 높여 싸울까, 안색이 안 좋은데 어디 아픈 건 아닐까. 참견할 수는 없지만 도움이 필요하면 당장 나서겠다는 마음으로 그들을 바라본다.

아직도 가끔 월요병이 스멀스멀 올라올 때가 있다. 주말 동안 제대로 놀지도, 푹 쉬지도 못하고 어영부영 시간을 흘려보냈을 때 그렇다. 그럴 땐 더 일찍 양말을 당겨 신고 출근한다. 밤을 새운 야간 아르바이트 총각이 얼마나 피곤할까 싶어 발걸음을 서두른다.

유리문을 살짝 밀고 들어가 "안녕!" 하고 인사를 하면 눈이 반쯤 감긴 총각이 "잘 쉬셨어요?" 하며 살가운 눈웃음을 짓는다. 월요병이 나아지기 시작한다.

건강한 신체에 건강한 정신

몸을 움직일 때 나오는 에너지를 좋아한다. 나무가 많은 공원을 걷거나, 오래된 집들이 오밀조밀한 골목을 걸을 때도 기운을 얻는다. 이런 말을 하는 사람이 왜 운동은 안 하느냐고, 격렬한 운동을 하면 더 강한 에너지를 얻지 않겠냐고 묻는다면 나는 이렇게 답하고 싶다. "파도보다는 시냇물 정도의 에너지면 충분하다고. <타이타닉> 같은 격정보다는 <리틀 포레스트> 같은 잔잔함을 더 좋아한다고." (어릴 때부터 입만 살았다고 많이 맞았다)

활동적인 사람들을 보는 것은 더 좋아한다. 뛰는 사람

을 보면 나도 건강해지는 기분이 든다. 고등학생 때는 열성적인 친구들과 함께 잠실 운동장, 연세대 농구장까지 먼 거리를 드나들었다. 우리의 행태를 안 선생님은 공부를 열심히 하거나 농구선수가 되어 연세대를 가야지, 선수들 뒤꽁무니만 따라다니는 것은 인생에 아무런 도움이 안 된다고 말했다(우리는 잔소리도 싫었지만, 조언은 더 싫었다). 그 시절의 우리는 선수들만 보러 경기장엘 간 게 아니었다. 우리의 젊음을 위해서, 우리의 청춘을 응원하기 위해서 잠실과 신촌을 누비고 다닌 것이다(많이 맞은 이유가 있다).

어느 날 태권도복을 말끔히 입은 키가 큰 훈남이 편의점에 들어왔다. 이온 음료나 닭가슴살을 사러 왔나보다 했는데 곧장 내게로 와서 꾸벅 인사를 했다. "무슨 일이시죠?" 당신 제자가 물건을 훔치려 했다는 얘기를 들어서 사과하러 왔다고 했다. 지난주에 한 아이가 물건을 들고 나가는 걸 불러들인 일이 있었다. 아이가 입은 도복에 체육관 이름이 쓰여 있어서, 그 얘기가 흘러 관장님 귀에 들어간 모양이다. 나는 여태껏 부모가 와서 사과하는 건 봤어도 학원 선생님이 오는 건 처음이라 당황스러웠다.

"아이 부모가 와야지, 왜 관장님이 사과하시나요?"

"제 아이나 마찬가지죠. 제가 잘못 가르쳤으니 제 불찰입니다. 앞으로 잘 지도하겠습니다."

관장님은 고개를 숙였다(멋있어서 반할 뻔했다).

문제가 생기면 다들 자기 잘못이 아니라고 발뺌하기 바쁜데 내 탓이라고 먼저 사과하는 사람이 있다니. 그 태권도장이 어딘지 몰라도 우리 애들은 글렀고 나라도 다니고 싶어졌다. 그 도장에 성인반도 있냐고 물어보려는 찰나 웬 미녀가 들어와서는 관장님과 마찬가지로 내게 미안한 표정을 지었다. 관장님의 부인이었다. 어쩜 이렇게 부부가 미남미녀에 개념까지 올바를까. 젊고 훌륭한 교육자들이 있어서 우리 아이들의 미래는 밝을 것이다.

몸을 움직일 때 나오는 에너지를 좋아한다. 작은 공원을 걷고, 고불고불한 골목길 걷는 일을 좋아한다. '체력은 국력'이라는 말도, '아식스맨이 스포츠맨'이라는 말도 좋아한다. 가끔은 격렬하게, 숨이 가쁠 정도로 뛰어보아도 좋겠다. 특히 머리가 어지럽고 마음이 심란할 때 땀은 고민을 밀어내고 정직한 답을 알려주기 때문이다.

태권도장에 다니고 싶어졌다. 저 훤칠한 관장님의 우리 아이 아니, 제자가 되어 건강한 신체와 건강한 정신을 배우고 싶다. (응? PT 체조를 백 번씩 하고, 도장 안을 오십 바퀴씩 뛴다고? 안 다닐래.)

바코드

래퍼 김하온의 <바코드>라는 노래에 이런 가사가 있다.

"엄마는 바코드 찍을 때 무슨 기분인지. 묻고 싶은데 알고 나면 내가 다칠까."

무슨 기분이긴, 바코드 많이 찍어 돈 벌어서 내 새끼 쇠고기 사 주고 신발 사 주고 싶은 기분이지. 김하온의 엄마는 아니지만, 꼭 답해 주고 싶었다.

하루에도 몇백 번씩 바코드를 찍고 있다. 흰 바탕에 검은 줄이 그어져 있을 뿐인데 그 안에 가격이며 재고, 유통기한 정보까지 들어있는 게 신기하다. 사람의 인생도 바코드로 표시할 수 있을까? 바코드를 삑 찍어 '이 인생의 값은 실패, 저 시간의 값은 절망. 그러나 내년부터는 대박'이라는 메시지가 뜬다면 세상살이가 좀 수월해지려나.

나는 우리나라 공산품에 바코드가 찍혀 나오기 전에, 다른 사람들보다 먼저 바코드에 대해 들은 적이 있다.

초등학생 때 정말 배고픈 날이면 암사동에서 천호동 고모네 집까지 걸어갔다. 고모 집도 역시나 궁색한 살림이었다. 늘 방바닥에 상을 펴놓고 납땜을 하거나, 작은 고리를 끼우는 부업을 하고 있었다(고모는 금속 전문, 나는 액세서리 전문). 고모는 배고픈 나를 위해 후딱 계란 프라이를 해주고 또 바로 납땜 앞에 앉았다. 고소한 계란 프라이 냄새와 기분 나쁜 납땜 냄새가 왔다 갔다 했다.

"고모, 나는 왜 살아야 할까. 엄마는 집 나갔고, 아빠는 나만 보면 화내는데, 내가 살아야 할 이유가 있을까?"

고모는 "예수님이 너를 사랑하셔"라고 말했다. 크고 퀭한 눈의 고모와 고모의 친엄마, 그러니까 내 할머니는(친

할머니인지 아닌지는 모르겠지만) 고개를 들지 않고 계속 손을 움직이면서 천사의 종소리, 휴거, 바코드 666에 대해서 말했다. 하나님이 주신 귀중한 생명을 의심하거나 나쁜 마음을 먹으면 휴거 때 하늘로 올라가지 못한다고 말했다. 스필버그의 <환상 특급>보다 소름 끼치는 이야기였지만 많이 겁먹지는 않았다. 고모와 할머니의 얼굴은 둥그렇고 넓적한 데다 특히 고모의 미간에는 둥근 사마귀가 튀어나와 있어서 예수보다는 석가모니와 비슷했기 때문이다. 부처의 얼굴을 한 이들이 들려주는 예수의 이야기는 천국에 갈 돈을 마련하기 위해 납땜을 한다는 이야기만큼 이상했다.

바코드 이야기는 좀 섬뜩했다. 당연히 바코드라는 것도 인터넷이라는 것도 없던 시대였다. 고모가 보여준 책자에는 미국 남자의 이마에 바코드가 선명히 찍혀 있었고, 이런 낙인을 받으면 천국에 못 간다고 했다. 특히 바코드에 666이 있는 사람은 악마인데 너처럼 약해 빠진 소리를 하는 사람에게 접근해서 이마에 바코드를 찍는다는 얘기였다(그 후로 몇 년 뒤, 제품에 바코드라는 게 찍혀 나왔을 때 얼마나 놀랐는지 모른다).

고모와 할머니는 휴거에 들었을까. 천국 갈 돈을 마련하기 위해 밤낮없이 일했는데 납중독에 걸리지는 않았을까. 옛날의 그 종교는 바코드를 어떻게 알았을까(아마 미국에서 먼저 생겼겠지?). 이마에 낙인찍히는 걸 무서워하고 바코드를 두려워하던 내가, 하루에도 몇백 번씩 바코드를 찍고 있으니 무슨 <신비한TV 서프라이즈> 같은 일인지 모르겠다. 가끔 진열대를 정리하다 말고 제품의 바코드를 읽는다. 666이라고 쓰여 있는 건 한 번도 못 봤다. 다행이다.

내 이름은 편의점

퇴근하고 찬거리를 사러 동네 마트에 갔다. 파, 두부, 오이를 장바구니에 넣고 비싼 체리를 살까 말까 고민하고 있었다. 방금 스쳐 지나간 한 남자가 "어?" 하기에 나도 돌아서 얼굴을 보고 "어? 안녕하세요!"라고 인사를 했다. 그 남자는 우리 편의점에서 담배와 임신테스트기를 자주 사가던 손님이었다. 처음에는 웬 총각이 임신테스트기를 이렇게 많이 살까, 문란한 사람인가 했다. 그러던 어느 날 본인도 멋쩍었는지 "아기를 기다리고 있거든요"라고 말해서 오해가 풀렸다.

그 손님 때문에 임신테스트기를 넉넉히 들여놓았는데 언젠가부터 물건이 쌓였다. 점장 언니가 요새는 그 손님 안 오냐고 물어보길래 그제서야 나도 본 지 한참 됐다는 걸 알았다. 점장 언니는 임신테스트기며 담배, 커피까지 매출 단가가 큰 손님이었는데 오지 않아서 아쉽다고 했다. 나도 그 손님이 이사 갔나, 포기했나, 겸연쩍어서 다른 편의점으로 옮겼나, 별의별 생각을 다 했다. 그러다가 새카맣게 잊고 지냈다.

그런데 이렇게 마주치다니(세상 좁다. 죄짓고 살면 안 된다). 그 옆에 아내로 보이는 여자가 날 흘깃 쳐다보니까 남자가 "아, 편의점"이라고 말했다(편의점 아주머니도 아니고 편의점? 이 자식이 진짜!). 여자는 "아아" 하더니 눈으로 살짝 인사를 했다. 그러나 나는 나를 편의점으로 부르거나 말거나, 인사를 하거나 말거나, 남자가 품에 안고 있는 작은 아기한테 눈을 빼앗겨 버렸다. 괜히 내가 감격스러웠다.

아기에게 눈을 못 떼고 바라보자 남자가 "3개월 됐어요"라고 말하며 하하하 웃었다. 나는 온갖 먼지와 기름때가 붙은 세균 덩어리라(응?) 행여 해가 될까 가까이 가지 못하고 "너무, 너무 예뻐요"라고 말했다. 진짜 주책맞게 아무 상관도 없는 편의점이 남의 아기를 보고 울 뻔했다.

"아기가 좀 크면 다시 담배 사러 갈게요."

남자의 말에 옆에 있던 아기 엄마가 눈을 흘기며 아기 아빠의 옆구리를 찔렀다. 우리 가게 단골손님이 떨어진 일이 이렇게 기쁠 수도 있구나.

안녕
아줌마는 편의점이야

기분 좋아지는 집

'삼인행필유아사(三人行必有我師)', 세 사람이 길을 가면 그 안에 나의 스승이 있다는 뜻이다. 편의점에는 '십인래필유미소', '백인래필유진상'이라는 말이 있다(사실 내가 지었다). 열 명 중에 반드시 웃게 하는 손님이 있고, 백 명 중에 반드시 진상이 있다는 뜻이다. 스승 찾기는 어려운데 진상은 종종 만나니 애석할 따름이다.

오늘 어떤 손님이 담배 맛을 묻기에 흡연자가 아니라 모른다고 했더니 물건 팔면서 그것도 모르냐고 화를 냈다. 농담하는 게 아니라 진짜로 시비를 걸었다(내가 화를 부르는 얼굴인가). 어이없는 상황에 멘탈이 탈탈 털렸다. 사람이 꽃보다 아름답다는데, 꽃으로도 때리지 말라는데, 용문사 천년 은행나무 기둥을 뽑아다 주리를 틀고 싶은 인간이었다. 이런 날이면 인간은 모두 외롭고 관심과 사랑이 필요한 존재라고 했던 내 주둥이를 꿰매고 싶어진다.

집에 돌아오자마자 침대에 누워 버렸다. 마음이 상해서 아무것도 하고 싶지 않았다. 한참을 누워 있다가 유튜브에 들어갔다(슬픔을 잊는 데는 유튜브가 최고). 추천 영상으로 뜬 〈다큐 3일〉을 봤다. 새벽 배송을 하는 업체의 물류센터였는데 한밤중이라는 게 믿기지 않을 정도로 그 안은 분주했다. 센터 사람들이 주문내역서대로 물건을 포장하고 주소별로 분류하면 배송 기사가 집 앞까지 물건을 배달했다. 그 과정이 얼마나 촉박한지 액션영화 같았다. 다들 두툼한 옷을 입은 걸로 봐서는 겨울인데 배송 기사들은 땀을 흘리며 박스를 들고 뛰어다녔다. 촬영하는 VJ가 힘들어서 못 쫓아가겠다고 하소연하자 배송 기사는 출근 시간이 되기 전에 배송을 마쳐야 하고, 엘리베이터를 한 번 놓치면 몇 분이 사라지니 뛰어다닐 수밖에 없다고 말했다.

한 배송 기사는 새벽 배달을 가면 항상 과자나 빵을 내어주는 집이 있다고 웃으며 말했다. 배송지 목록에 그 집이 있으면 하루가 행복하다는 말에 마음이 녹아버렸다. 주소만으로 누군가를 행복하게 하는 집이라니! 역시 사람은 서로 마음을 나누며 함께 피는 꽃과 같은 존재. 들에 쭉정이 하나 있다고 꽃밭이 아닌 게 아니듯이 잡초나 거머리도 관용하는 사람이 되고 싶다.

오늘 낮에 시비 걸던 손님을 다시 떠올렸다. 담배 맛을 모른다는 점원에게 왜 그렇게 짜증을 부렸을까. 직장에서 화나는 일이 있었을까, 매사 모른다는 답변만 일삼는 정치인을 떠올리게 했을까(역시 내 얼굴 때문인가). 나라도 손님 말이 맞다고, 이제라도 담배를 피워 보고 다음에 알려드리겠다고 웃으며 말할 걸 그랬다. 손님이 왕이라서가 아니라, 짜증을 서브로 넣어도 웃음으로 리시브를 받는 사람이 있다는 걸 보여주고 싶으니까.

배송 기사님을 주소만으로도 행복하게 해 준다는 집처럼, 담배를 사러 갈 생각만으로도 기분이 좋아지는 편의점이어서 니코틴 중독이 되었으면 좋겠… 아, 이건 아니고.

매일 조금씩

편의점의 여름엔 신경 쓸 일이 하나 더 늘어난다. 아이스크림 냉동고의 성에 제거다. 우리 가게 아이스크림 냉동고는 밖에 있어서 날이 더워지기 시작하면 안팎의 온도 차로 성에가 많이 낀다. 습도가 높은 날은 더 심하다. 냉동고 안으로 흘러 들어간 물이 얼어 고드름 정도면 귀엽고 어느 날은 올라프가 있지 않을까 할 정도로 겨울 왕국이 펼쳐져 있을 때도 있다.

처음에는 일주일에 하루만 성에를 제거했다. 어차피 오늘 해도 내일 되면 또 생기니까, 겨울에는 손이 얼어붙고

여름에는 겨터파크가 폭발하니까, 한 번에 하자는 생각이
었다. 그런데 일주일 치를 몰아서 하니까 몇 배로 힘들었
다. 추운 날에는 욕이 나왔고 더운 날에는 티셔츠가 땀으
로 젖어 섹시해 보이면 좋으련만 더러워 보였다. 사람이
되게 간사한 게 안 해서 편한 날은 잊고 힘든 하루만 기억
해서 "너무 힘들어! 왜 나만 해?" 하고 불평했다.

이래선 안 되겠다 싶어서 성에 제거를 매일 하기로 했
다. 날은 여전히 춥고 더웠지만, 하루치의 성에는 금방 긁
어낼 수 있었다. 밥주걱을 반으로 동강 낸 것처럼 생긴 스
크래퍼로 얼음의 아랫동을 톡톡 쳐서 떼어낸다. 주말을
보낸 월요일 아침의 얼음 기둥은 두꺼워서 쉽지 않다. 그
럴 때는 날카로운 모서리로 못된 사람의 목을 친다는 생
각으로(헉) 찬찬히 조사주면, 그 두껍던 얼음 기둥도 똑
부러진다. 그다음엔 스크래퍼의 넓은 면으로 냉동고의 벽
을 살살 밀어 얼음을 긁어낸다. 내일 또 똑같은 일을 해야
겠지만 "힘들어서 못 해 먹겠네!" 같은 불평은 사라졌다.

'매일 조금씩'

지루한 자기 계발서에 나올 것 같은 이 말은 우리가 매일 실천하는 소소한 진리가 아닐까. 샤워하면서 거울 한 번 쓱 닦고, 나의 오늘을 다이어리에 한 줄이라도 남기고, 틈날 때마다 읽는 책에 밑줄을 긋는, 그런 평범한 일들 말이다. 나와 내 생활을 사랑하는 작은 습관의 리스트를 하나씩 늘려 가자. 매일 조금씩.

깨진 유리창의 법칙

집과 사람을 살리는 일이라 '살림'이라 한다는데, 나는 살림이 아니라 '말림'을 하고 있는 것 같다. 청소는 어설프고 요리는 맛이 없다(내가 진수성찬을 차리면 아이들은 '지도표 성경김'이 제일 맛있다고 한다). 그래도 설거지는 바로 하려고 노력한다. '안 하고 버티면 누가 해 줘? 없지? 그럼 빨리하는 게 나아'라는 친한 언니의 현실적인 말과 '언니, 설거지 안 하고 자면 가난해 진대요'라는 아는 동생의 근거는 없지만 그럴듯한 말도 귀담아듣는다.

초등학교 3학년 때 옆방 아주머니께 배워 곤로밥을 해

먹었고, 4학년이 돼서는 혼자 도시락을 싸서 다녔다(반찬의 종류에 대해선 슬프니까 이야기하지 말자). 친구들의 도시락은 코끼리가 그려진 작고 예쁜 통이었는데, 내 도시락통은 크고 무거워서 바주카포를 메고 다니는 기분이었다(김일성이 내 모습을 보고 남침을 포기했다는 소문을 들었다).

지금도 집에만 잘 찾아가면 다행이다 할 정도로 덤벙대는데, 일찍이 총명함과는 거리가 멀었던 내가 도시락을 꺼내 씻어놓을 리 없었다. 아침마다 어제의 도시락을 꺼냈다. 월요일 아침에 주말 내내 책가방 안에 잠들어 있던 도시락을 여는 일은 <전설의 고향>이나 외화 <브이>를 보는 일만큼이나 떨렸다. 도시락 뚜껑을 열었을 때 그 작은 밥통 안에서 두려움과 기괴함, 가끔은 아름다움도 보았다. 곰팡이였다. 주로 푸른색이었고, 어떤 날은 흰색, 빨간색, 보라색을 본 적도 있었다. 알록달록하고 끈적이는 밥알을 맨손으로 꺼내 버렸다. 그 도시락에 다시 밥을 담아야 하는 아침은 역하고 슬펐다. 이런 일이 몇 번 반복되다 보니 양치질은 안 해도 설거지는 바로 하는 아이가 되었다.

편의점에 출근하면 먼저 출입문 앞부터 청소한다. 문 앞에 담뱃갑 등을 버리는 작은 쓰레기통이 있는데 이 주변이 자주 지저분하다. 편의점 안까지 들어가기에는 바쁜 사람들이 이 작은 통에 음료수병이며 컵라면 용기까지 버려서 그렇다. 건물 모퉁이의 쓰레기도 서둘러 치운다. 여기는 이 건물에 사는 사람들이 쓰레기를 내놓는 곳이라 내가 치우기에는 좀 억울하다. 하지만 모퉁이가 지저분하면 지나가는 사람들이 거기에 쓰레기를 하나둘씩 얹기 시작해 곧 쓰레기 산이 된다. 우리 가게에서 내놓은 쓰레기가 아니니 모르는 척해도 그만이지만 편의점에 들어오려면 그 앞을 지나가야 하니 깨끗할수록 좋다.

'깨진 유리창의 법칙'이라는 말이 있다. 유리가 깨진 자동차 한 대를 방치했더니 자동차는 물론 그 주변까지 쓰레기가 쌓여 흉흉해진다는 것이다. 내가 바닥을 깨끗하게 쓸어 놓으면 손님이 아이스크림 포장지를 던졌다가도 다시 주워 쓰레기통에 넣는다. 반대로 바닥이 지저분하면 담뱃갑을 바닥에 휙 던져 놓고도 그냥 간다. '원래 이랬으니까' 혹은 '다른 사람도 이렇게 하니까' 하는 마음인 것 같다.

쓰레기를 바닥에 던지는 사람을 보면 바람같이 달려 나가 '흠흠' 헛기침하며 줍는다. 또 버리는 건 아니겠지? 의심의 눈초리를 은근히 발사하며 눈치를 팍팍 준다.

집에서는 설거지를 바로바로 하고 수챗구멍도 잊지 않고 닦는다. 일주일에 한 번은 뜨거운 물에 수저랑 도마를 소독한다. 편의점에서는 쓰레기통부터 비우고, 바닥을 깨끗이 쓸어 놓는다. 습관이 중요하다고 한다. 습관이 사람을 바꾸고, 인생을 바꾼다고 한다. 이런 사소한 습관이 나를 바꾸고, 내 인생을 바꿨을까. 그건 모르겠다. 하지만 적어도 식구들이 장염이나 식중독에 걸린 적은 없으니 뱃병은 막았다.

내가 사는 집의 유리창은 깨끗한지(더러워), 내 마음의 유리창은 온전한지 들여다보자. 뚫린 데가 있으면 창호지라도 발라주고, 벌어진 틈이 있으면 옆집 아저씨한테 총 빌려서 우레탄폼이라도 한 방 쏴주자. 마음을 잘 돌보는 사람이 주변도 깨끗하게 하더라. 아니, 주변을 잘 돌보는 사람이 마음도 깨끗하더라.

시간을 주자

야간 아르바이트가 신입 오후 근무자에게 정리를 이렇게 해놓으면 어떡하냐고 한소리 했단다(마음 상한 신입이 일을 당장 관두겠다고 해서 점장 언니가 달래느라 혼났다고 했다). 나도 정리엔 소질이 없는데 이번 신입은 나보다 더하다. 소주 선반에 커피가 있거나 이온 음료 선반에 맥주가 있는 식이다. 신입이 일한 다음 날에는 내가 다시 정리하느라 일거리가 두 배다. 나이가 거의 엄마뻘인데 '얘일 너무 못해요'라고 점장 언니한테 이르기도 쪽팔리고, 딱 우리 아이 또래라서 우리 애도 분명히 어디 가서 일 못한다고 욕먹을 텐데, 그때 나같이 좀 너그러운 동료가 있었으면 하고 바라는 마음이기도 하다. 또 나는 몰랐지만, 스무 살의 나를 어른들이 기다려 줬듯이 나도 또 다른 스무 살을 기다려 주는 마음이다.

대학에 들어가자마자 아르바이트를 시작했다. 첫 아르바이트였던 카페 사장님은 좋은 분이었다. 장사가 신통치 않은 지하의 카페여서였을까, 장사보다는 놀러 온 내 친구들과 이야기하는 것을 더 재밌어했다(성년의 날인데 일하고 있다고 장미 한 송이 주신 것을 잊지 못한다). 어쩌면 시급보다 더 많이, 사이다에 체리 가루를 타서 마셨고 틈틈이 폰팅도 하고 영업 끝나고는 문 잠그고 친구들이랑 병맥주를 마시며 춤도 췄다. 레스토랑에서 일할 때는 말귀가 어두워 주문을 잘못 받는 일이 허다했고, 만화 대여점에서 일할 때는 19금 만화에 푹 빠져서 도둑이 몰래 책을 가져가는 것도 몰랐다.

사장님들은 나의 실수와 일탈을 몰랐을까. 아마 '저거를 언제 혼낼까'와 '얘기한다고 달라지겠어?' 사이를 갈팡질팡하다가 시간이 흘렀을 것이다. 그 덕분에 내가 무사히 어른이 되었다. '모교를 빛낸 인물' 같은 건 못 됐지만, 그럭저럭 고개를 들고 다니는 사람은 되었다. 실수마다 혼이 났다면, 매일 지청구를 듣고 자랐다면 아르바이트는커녕 반사회적인 사람이 됐을지도 모른다. 우리가 기다려야 하는 것은 버스나 치킨뿐만 아니라 실패를 하는 사람들, 규칙이나 노하우를 깨닫기까지 조금 더 시간이 걸리는 사람들일지 모른다(바로 나 같은).

정리를 마치고 나니 역시나 허리가 아프다. '이 언니(아줌마 아님. 곧 죽어도 언니)가 널 위해 애쓰는 거 알고 있니?'라고 묻고 싶지만, 나는 성숙한 어른이므로 그저 미소를 짓는다. 그런데 저 멀리서 다른 목소리가 들리는 것 같다. 우리 점장 언니 목소리다. 응? 뭐라고? 내가 너 참아주는 건 안 보이냐고 한다. 안 보이는데? 모르겠는데요?

내 마음 여기 있다

빼빼로데이는 밸런타인데이, 화이트데이와 함께 편의점 3대 명절 중의 하나다. 평일에 날씨까지 좋으면 평소보다 두 배 이상의 매출이 나는 중요한 날이다. 이날 매출의 1등 공신은 젊은 남자들이다. 여자들이 행사 상품을 꼼꼼하게 보고 산다면, 남자들은 가격도 안 보고 비싸고, 쓸데없는(인형 들어있는) 큰 바구니도 거침없이 산다. 또 남학생들이 빼빼로를 많이 산다. 좋아하는 여자아이에게만 주고 싶은데 쑥스러우니까 여러 개 사서 모두에게 나눠 준다. 그러고 나서 좋아하는 여자아이의 '고마워' 한마디에 입이 찢어질 듯 기뻐할 것이다.

그래도 제일 마음이 가는 손님은 내 또래의 늙수그레한 아저씨들이다. 이들은 담배나 커피를 사러 왔다가 문 앞에 쭉 진열된 빼빼로를 보고 '엇, 이날이 또 다가온 건가' 하며 멈칫하다 집어 오거나, 모퉁이에 서서 담배를 피우며 이쪽을 보다 결심한 듯 다시 와서 주섬주섬 빼빼로를 들고 온다. 바쁘게 살다 보니 이런 날을 알 리도 없고 챙길 정신도 없지만, 그래도 진열된 빼빼로를 보고는 아내나 아이들을 떠올렸을 테고 '오다 주웠어'라는 식으로 무덤덤하게 건네줄지도 모른다. 하지만 속마음은 막대 과자로나마 사랑을 표현하고 싶은 것이다(여자들은 알아줘야 한다, 이 마음을. 허름한 작업복 잠바를 입고 거친 손으로 빼빼로를 골라오는 마음을). 그래서 나는 아저씨들이 빼빼로를 가져오면 이만 원 이상 샀을 때 증정하는 고급 쇼핑백에 담아 준다. 두 개를 사든 세 개를 사든 간에 고급봉투에 넣어 주었다. 쇼핑백의 기능은 그런 거니까, 받는 사람이 몇 배로 더 기뻤으면 하고 바랐다.

　상술이다, 롯데에 놀아나면 안 된다고 하는 말도 맞다. 하지만 그 상술에 희망을 거는 십만(?) 편의점과 소매점 주인도 있고, '저 아이가 내게 빼빼로를 주려나' 하고 기대하는 소년소녀들도 있다. '오빠가 너를 위해 준비했어'라며 인형이 든 바구니를 건네는 청춘도 있고(곰 인형 배 가르지 마라, 아무것도 안 들었다), 우리 마누라 웃는 거 한 번 보려고 사가는 무뚝뚝한 아저씨도 있다. 빼빼로데이는 종이 상자 하나 툭 건네며 '내 마음 여기 있다' 하는 가벼움이 설레는 날이다. 그냥 과자 하나로 웃고 고백하는 기분 좋은 날이었으면 한다.

꼭 너여야만 해

몇 년 전 일이다. 초등학생으로 보이는 아이가 과자를 골랐다. 2+1이라서 하나를 더 챙겨주었더니 아이가 눈을 동그랗게 뜨며 놀랐다. 잠시 후에 또 왔다. 이것도 하나씩 더 가져가라고 했다. 신이 났는지 조금 후에는 엄마를 데리고 왔다. "아이가 과자 두 개를 샀더니 하나씩 더 준다고, 너무 싸다고 자꾸 가자고 하네요." 호주에 사는데 잠시 놀러 온 거라며, 거기는 2+1 같은 게 없어서 아이가 신기해한다고 했다(호주 특파원, 아직도 그쪽 편의점에는 2+1이 없나요? 아, 나 특파원 없지). 1+1도 있다고 했더니 아이의 눈이 더 커졌다.

이런 할인 행사는 매달 1일에 대대적으로 바뀐다. 이번에 새로 들어온 행사표를 보다가 '1+2'라고 쓰여 있는 걸 보고 오타인 줄 알았다. 하나를 사면 둘을 준다니, 이렇게 파격적인 행사는 처음이었다. 사람들의 눈길이 제일 많이 닿는(눈높이보다 약간 아래) 꺼내기 쉬운 자리에 상품을 진열했다. '순두부 우유'라고 하는 제품이었다. 흰 바탕에 초록색 줄이 그어진 산뜻한 느낌의 용기인데 나도 아직 안 먹어 봤다. 커피 신제품이라면 당장 마셔봤을 텐데 우유를 굳이? 하는 마음이었다. 모두가 비슷한 생각이라 안 팔렸을까. 2+1, 1+1으로 팔다가 급기야 1+2로 승부를 보려나 보다. '진짜 맛있다니까요! 한 번만 마셔 봐요' 하는 간절한 마음으로 말이다.

이 아이를 볼 때마다 여간 짠해지는 게 아니었다. 자존심 다 내려놓고 '하나 사면 두 개를 더 드려요!' 손을 흔드는데도 순두부 우유의 개수는 줄어들지 않았다. 손님들에게 "대박 상품이 있어요" 추천해도 "왜 이렇게 싸게 팔아요? 이상한 거 아니에요?"라거나 "우유를 굳이"라며 말끝을 흐렸다. 순두부 우유가 들으면 슬펐을 것이다. 아니, 내가 더 슬퍼졌다. '너희들 내 맛도 모르면서 왜 됐대? 세일

한 번 안 하는 쟤(스타벅스)는 구석에 있어도 하루에 몇 박스씩 팔리고, 나는 두 개를 더 주는데도 왜 됐대?' 순두부 우유가 울부짖는 것 같았다.

나에게도 '굳이'라는 말은 서럽다. '다른 애도 많은데 굳이 쟤를', '잘하는 사람 쓰지 굳이 저 사람을'. 수많은 '굳이' 앞에서 마음이 아팠다. 어디에나 잘난 사람과 천재는 있고 세상은 그들만의 리그 같았다. 운도 실력이라는 말이 야속했다. 그냥 주변인, 들러리, 엑스트라 정도가 나의 몫인 것 같았다.

가끔 모두가 반대했던 선수가 팀을 승리로 이끌거나 무명 작가의 책이 베스트셀러가 되는, '굳이'를 뛰어넘어 성공하는 이야기들을 보면 마치 내 일인 양 신이 났다. 나 같은 쭈구리는 그런 기회를 꿈꾸며 살아간다. '굳이'가 아니라 '꼭 너여야만 해'라는 말을 듣게 될 날을 소망하며.

오늘은 스타벅스 대신 순두부 우유를 마셔 보기로 했다. 한 개 값에 세 개라니. 이미 개수로 매력적이다. 한 모금 들이켰다. 고소한 두유에 짭조름한 우유가 든 맛이라고 해야 하나, 초당순두부에 연유가 든 맛이라고 해야 하

나. 그래, 맛있을 줄 알았어!

　'굳이'를 뛰어넘는 건 타인의 선택이 아니라 내 의지일지
도 모른다.

젤리에 내 마음 녹아요

포켓몬 빵이 인기다. 이 빵을 사려고 사람들이 줄을 선다. 포켓몬 빵은 오전 시간에 한두 개 정도 들어오는데 편의점 맞은편에 사는 할아버지가 몽땅 사 간다. 할아버지는 거실에 앉아 있다가 물류 트럭이 보이면 뛰어나오는 것이다(편세권의 위력). 방학 동안에는 초등학생 경쟁자가 나타나자 할아버지 역시 가게 앞에 한 시간씩 서서 기다렸다. 손주 사다 주려는 마음은 알겠으나 너무 독점으로 사 가니까 얄밉기도 했다. 그러나 어쩌랴. 줄 서서 사 가는 사람이 임자지.

근처의 식당 아주머니도 포켓몬 빵을 찾았다. 억양을 들어보니 중국 동포 같았다. 물류 차가 열 시 반쯤 온다고 알려줬더니 앞치마를 두른 채 뛰어오기도 했지만, 매번 편세권 할아버지에게 밀려 사지 못했다.

"우리 애가 정말 먹어보고 싶다고 하는데…."

아이가 원하는 걸 해주고 싶은 엄마 마음은 다 똑같다.

그러다 한 번은 물류 트럭과 편세권 할아버지, 식당 아주머니가 동시에 왔다. 입고 전표를 보니 포켓몬 빵이 두 개였다. 아주머니까지 하나씩 살 수 있어 다행이라고 생각했다. 그런데 할아버지가 "원래 다 내 건데 아주머니한테 특별히 하나 양보해 드리는 거예요"라고 말도 안 되는 소리를 했다(꼴 보기 싫었다). 아주머니는 또 "아이고 사장님 감사합니다"라며 할아버지한테 인사를 해서 부아가 치밀었다(그것도 꼴 보기 싫었다). 굳이 감사하려면 나한테 하지, 왜 할아버지한테 쓸데없이 굽신거리느냔 말이다. 아니면 무슨 소리 하냐고, '똑같이 줄 섰으니까 하나씩 가져가는 게 맞죠' 하고 쏘아붙이든가. 어이가 없어서 내가 막 할아버지한테 눈을 이글거리자 아주머니는 내게 눈을 찡긋했다. 자기는 괜찮다는 뜻이었다.

어제는 무슨 일인지 아무도 줄을 안 서기에 들어온 빵 하나를 숨겨두었다. 마침 식당의 다른 아주머니가 왔길래 포켓몬 빵이 있다고 전해 달라고 했더니 그 아주머니, 하필 오늘 배가 아파서 조퇴했단다. 이런, 흔치 않은 기회인데 아까웠다.

다음날 식당 아주머니가 왔다. 어제 얘기 들었다고, 고맙다며 검은 비닐봉지 내밀었다.

"젤리인데 일하면서 드시라고요."

"어우, 아니에요. 제가 빵을 공짜로 드리는 것도 아닌걸요."

말은 그렇게 하면서 봉지는 덥석 받았다.

"좀 있으면 물류 차가 올 텐데 빵 기다리시겠어요?"

"오늘은 김치 담그는 날이라 가야 해요."

아주머니는 나가려다 밖을 보고 "저 할아버지 내 들어오는 거 보고 부리나케 오는 거 봐" 하며 웃었다. 뛰어오는 할아버지를 보며 나도 같이 웃었다(참 밉살스럽다).

식당 아주머니가 나간 문으로 할아버지가 다급하게 들어오며 "포켓몬 빵 왔어요?"라고 물었다.

"아직이요. 그런데 식당 아주머니가 포켓몬 빵을 아이

에게 꼭 사 주고 싶다는데 오늘은 양보하시면 안 되겠어
요?"

욕심쟁이 할아버지한테 기대 없는 말을 건넸다. 할아버
지의 눈빛이 흔들렸다.

"그래요. 난 여태껏 많이 샀으니까 괜찮아요."

젤리가 달다. 아주머니의 마음도, 할아버지의 양보도 달
다. 젤리가 이에 다 들러붙어서 퇴근 시간까지 가만히 있
어도 단맛이 날 것 같다.

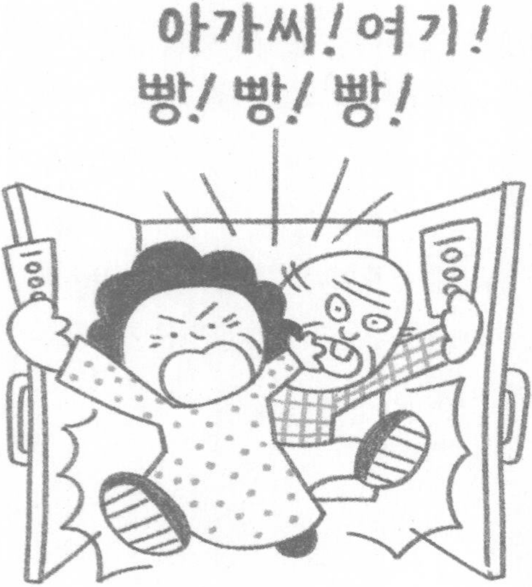
아가씨! 여기!
빵! 빵! 빵!

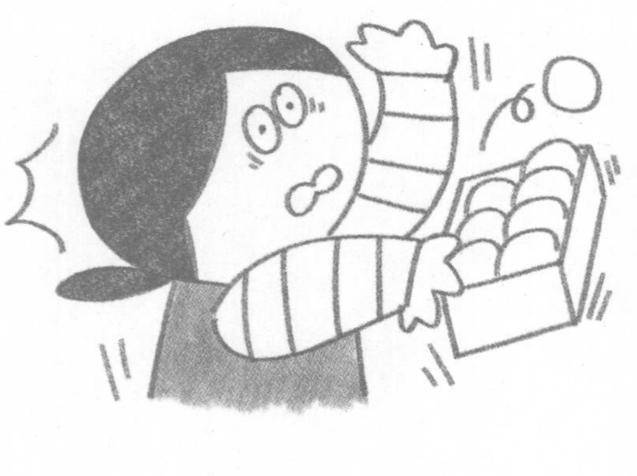

수상한 꼬마

일곱 살 정도의 아이가 들어왔다가 휙 나간다. 매우 수상하다. 이전에도 뭘 들고 나가는 것 같았는데 다른 손님이 와서 제대로 보지 못했다. 어린아이에게 이런 말은 좀 그렇지만 보통 솜씨가 아니다. 풋내기 도둑들은 눈치를 본다. 들어오면서부터 나랑 눈이 마주치거나, 가게 안을 부자연스럽게 어슬렁거린다. 그런데 이 녀석은 들어오거나 나갈 때도 나를 한 번도 안 쳐다본다. 그야말로 나비처럼 날아와 벌처럼 쏘고 간다. 그 녀석이 또 왔다. 그새 자신감이 붙었는지 제 팔뚝만 한 '초코비' 과자를 옷 속에 숨긴다. 이번엔 무슨 일이 있어도 잡아야 한다.

"거기 서세요!"

아이가 움찔하며 멈춰 섰다.

"왜 남의 물건을 가져가요? 도둑 될 거예요?"

아이는 "가져가는 거 아닌데요"라고 고개를 숙인 채 말했다.

"그럼 살 거예요? 살 거면 이리 가져오세요. 계산하게."

아이는 품 안에서 과자를 꺼내 제자리에 갖다 놓았다.

"그동안에 가져간 거 다 어쨌어요? 여기 CCTV 있어서 증거도 다 있는데 경찰 부를까요?" 그동안의 일을 떠보았다. "다 먹었어요." 아이가 울먹이며 말했다. 여기서 '배가 고파서 훔쳤어요'라는 안타까운 말을 들으며 '앞으로는 배고프면 아줌마한테 말하렴' 같은 훈훈한 이야기로 끝나면 좋겠지만, 이 녀석 입성도 좋은 데다 꽤 괜찮아 보이는 씽씽이까지 타고 다닌다. 그야말로 호기심에 한 번 해본 일이 점점 더 큰 것에 손대는 재미가 생겼는지도 모른다.

이전에도 같은 일이 있었다. 남자 중학생이 바지 주머니에 휴대용 탈취제를 넣는 것을 보았다. 주머니 좀 보자고 했더니 눈을 부릅뜨고 도둑 취급하냐고 대들었다. 그 기세에 눌려 오히려 내가 사과했다. CCTV를 돌려보니 훔치는 장면이 찍혀 있었다. 경찰에 신고했고 남자 중학생은 오후에 경찰에게 잡혀 와서 반성문 쓰는 걸로 마무리했다 (설마 이천 원짜리 물건 때문에 경찰이 학교 앞에 진을 치고 있을 줄은 몰랐겠지. 나도 남의 집 귀한 자식이 담배도 아니고 섬유탈취제를 탐낼 줄은 몰랐다. 야 인마, 세상 죄인인 듯한 너희 어머니 표정을 보았니).

  나도 어릴 때 구멍가게를 하던 친척 할아버지의 돈통에 손을 댄 적이 있다. 처음엔 백 원이었다가 나중에는 천 원이 되었다(아마 이천 원도 됐겠지). 그날도 할아버지가 한눈파는 틈을 타 돈통을 열었는데 지폐가 하나도 없었다. "오늘은 돈이 없제?" 등 뒤에서 할아버지가 껄껄껄 웃었다. 나는 얼굴이 벌게져서 도망쳤다.

  세상에는 비밀도 없고 거짓말도 감출 수 없다. 한 번 성공한 도둑질이 계속 잘 될 리도 없고, 잘 되어서도 안 된다. 훔치는 일이 떳떳하지 않다는 것은 본인이 제일 잘 안다. 나도 할아버지의 돈통에서 천 원짜리를 꺼낼 때마다 심장이 튀어나오는 것 같았다(할아버지한테 그냥 빵빠레 하나 달라고 하면 되는 것을, 돈을 훔쳐서 남의 가게 가서 사 먹었으니 두 배로 나빴다).

작든 크든 올바르지 못한 행동을 했을 때, 길라잡이가 되어줄 누군가가 있다는 것은 행운이다. 너무 호되지 않게, 너무 무르지도 않게 '너 지금 잘못하고 있어'라고 단호하게 말해주는 목소리는 귀하다. 나 역시 어떤 말에는 '웬 참견이야' 하며 귓등으로 흘렸을 것이고, 어떤 말은 지팡이 삼아 똑바로 섰을 것이다. 그 말들은 내 귓가와 심장 언저리에 걸쳐 있다가 자꾸 궤도에서 빠져나가려는 나를 잡아 주었을 것이다.

고작 이천 원짜리 물건에 거기 서 보라고, 주머니에 있는 거 꺼내 보라고 핏대를 세우던 나를 중학생 아이는 미워했을까. 기어이 학교 앞까지 경찰을 오게 하고, 사람들 앞에서 엄마의 고개를 조아리게 만든 나를 원망했을까.

아이야, 나는 최선이었다. 당장은 회초리 같고 화살 같겠지만 세상에는 지켜야 할 것이 있다는 걸 알려줘야만 했어. 너도 사실은 알고 있었겠지. 부끄러우니까 눈도 더 부릅뜨고 큰소리를 냈겠지. 나도 그랬어. 아무도 모를 줄 알았고, 이까짓 것쯤이야라고 생각했어. "오늘은 돈이 없제?"라는 할아버지의 말에 '무슨 말씀이세요?'라는 표정을 지었지만, 귀랑 목까지 벌게진 걸 어른들은 알았겠지.

"물건 훔칠 거면 오지 마세요."

붙잡아 놓은 어린아이에게 단호하게 말했다. "경찰에 신고할 거예요?" 아이는 잔뜩 겁먹은 얼굴로 울먹이며 물었다. 나는 고민하는 척 뜸을 들이다가 "이번 한 번만 봐줄 테니까 다시는 그러지 마세요"라고 말했다. 겁먹은 아이는 그렁그렁 눈물이 고인 눈으로 고개를 끄덕였다. 아이는 씽씽이를 타고 빠른 속도로, 제일 안전하다고 여기는 자기 집 쪽으로 달려갔다. 오늘 덩치 큰 아줌마의 무서운 목소리가 아이에게 호루라기가 되었길, 집으로 안전히 돌아가는 지팡이가 되었기를 바란다.

나의 보람

아침마다 어린아이의 손에 이끌려 편의점에 들어오는 엄마가 있다. 가슴에는 둘째로 보이는 갓난아기도 안고 있다. 자기도 아직 어린데 억울하게 '첫째' 타이틀을 얻은 남자아이는 체념인지 자기 위안인지 어린이집에 가는 조건으로 아침마다 편의점에 들러 간식을 쟁취한다. 아기 엄마는 아이에게 매일 단것을 먹이는 자신이 싫으면서도 너도 살고 나도 살아야겠기에 어쩔 수 없이, 이 자리에 편의점이 있어서 다행이라고 생각할지도 모른다.

이 손님은 아이 둘의 엄마라 하기에는 매우 어려 보인

다. 정확한 나이는 모르겠지만 어쩌다 이른 나이에 애를 둘이나 낳아서, 머리도 못 감고, 늘 똑같은 긴 원피스에 이 추운 날에 양말도 못 신고 다니는지. 딱한 모습에 모성 본 능이 일어나 엄마의 마음도 되었다가, 마찬가지로 스물일 곱에 첫애를 낳은 나랑 비슷해 보여 '그 갓난애 내가 두어 시간이라도 봐줄까요. 잠 좀 푹 자든가, 친구를 만나고 올 래요?'라고 오지랖을 떨고 싶어진다.

　　오늘도 무표정으로 아이 손에 이끌려 들어온 아기 엄마 는 세상 소식을 통 모르는지, 사람들이 코로나 자가 진단 키트 사는 것을 보고 "그럼 보건소 안 가고 혼자서 검사할 수 있겠네요?"라며 놀라워했다. 나는 이 타이밍을 놓칠세 라 좋아하는 작가 블로그에서 읽은 재밌는 이야기를 던졌 다. "온 가족 확진 받아서 먹는 밥을 뭐라고 하는지 아세 요? 오미크론 가정식이래요. 오미크론 불고기, 오미크론 볶음밥이요." "아, 진짜요? 너무 웃겨요." 아기 엄마가 많 이 웃었다. 안타 정도만 쳐도 좋겠다고 생각했는데 홈런 을 쳤다.

　　"코로나 초기에 '확찐자' 이야기도 엄청 재밌었거든요. 제가 그때 임신 중이라 진짜 확찐자라서 더 웃겼어요."

(아아, 내가 그때도 시시껄렁한 농담을 걸었구나)

아기엄마가 많이 웃어서 좋았다. 고만고만한 애 둘을 키우느라 내가 사람인지 젖소인지, 애가 예쁘지 않다고 느껴지는 내가 비정상은 아닌지, 창밖을 보면 울컥하거나 거울 속 부스스한 자기 모습에 우울함을 느낄지도 모르는 저 아기 엄마가 잠깐이라도 웃기를 바랐다. 나를 보며 저 아줌마처럼 헤헤거리며 살면 좋겠다, 이런 생각을 해도 좋고 저 아줌마 완전 이야기보따리네, 라고 생각하면 더 좋겠다. 용기 낸 나의 유머에 웃어주는 사람이 있어서 뿌듯했다. 이런 걸 '나의 보람'이라고 부른다면, 내가 웃기는 걸 좋아하는 사람이었나? 하고 헷갈리지만 진짜 좋았다. 누군가를 웃게 만드는 일.

미안해요, 아저씨

1.

아침마다 재활용 수거 차량이 가게 앞에 선다. 환경미화원 아저씨가 재활용 쓰레기에서 나온 소주병들을 모았다가 팔러 온다. 가정집에서 나온 공병도 만지기 싫은데, 쓰레기 더미에서 꺼내 온 것은 더 만지기 꺼려진다. 자주 와서 익숙해진 환경미화원 아저씨에게 공병 수거 상자에 직접 담아 달라고 부탁하고, 개수도 세어서 알려달라고 했다. 몇 개라고 말해주면 나는 확인도 안 하고 공병 값을 내주었다(까짓거 백 원씩밖에 안 하니까 개수 안 맞으면 내 돈으로 채우면 된다). 아저씨는 종종 공병 값으로 빵이

나 우유를 사 갔다.

한참 뒤에 아까 그 환경미화원 아저씨가 또 왔다. 공병이 든 봉지를 손에 들고 있었다. '아이, 하루에 한 번만 오지 왜 또 와. 바빠 죽겠는데.' 속으로 짜증을 부렸다.

"한참 가서 정리하다 보니까 차에 이 소주병이 남아 있지 뭐야. 이거까지 쳐서 서른 개라고 했는데 병이 모자라면 아줌마가 삼백 원 채워 넣어야 할 거 아니야. 그러면 안 되니까 다시 왔지."

환경미화원 아저씨가 내려놓고 간 비닐 속에는 맑은 초록색 병 세 개가 들어 있었다. 그걸 받는 내 손톱 밑에는 까만 때가 끼어 있었다.

2.
재활용 수거 차량이 평소보다 일찍 온 날은 야간 근무자가 공병을 받았다. 야간 근무자는 법을 공부하는 학생이었다.
"쓰레기 수거도 엄연히 공무인데, 공무 수행 중에 얻은

취득물을 사적으로 써도 되는 건가요?"

나는 속으로 '이 자식 법 좀 안다고 빡빡하게 구네'라고 생각했다.

"어차피 버린 건데, 아저씨들 간식도 드시고 좋잖아."

"하루 만 원이 일 년이 되면요? 재활용 중에 고가의 상품이 있어서 되팔거나 사유재산으로 삼으면, 그것도 어차피 버린 거니까 괜찮을까요?"

어차피 내 손을 떠난 거니까 누가 갖다 써도 상관없다고 생각했는데, 그걸로 남이 이득을 본다고 생각하니 배가 아플 것 같았다. 사람이 이렇게 간사할 수가 없다.

우연의 일치일까. 마치 우리 얘기를 듣기라도 한 것처럼, 자주 오던 환경미화원 아저씨의 발걸음이 뚝 끊겼다. 또 내 마음이 왜 이리 안 좋은지. 미안해요, 아저씨.

버티기 위하여

한국인의 술사랑은 유명하다(우리 집에도 그 사랑을 실천하고 있는 분이 있어서 잘 안다). 하지만 그 양을 확인하게 되면 더 깜짝 놀란다. 사람이 걸어서 들어가는 냉장고인 워크인에 술을 꽉 채워 놓았는데도 다음날 텅 비어 있는 것을 보면 전 재산을 주류 회사에 투자해야 하나 싶다(아, 나 재산 없지). 매일 어떤 이유로 술을 마실까를 생각하면 연민으로 짠해지기도 하고 이왕이면 기쁜 일로 술잔을 들었기를 바란다.

아침에는 커피와 에너지 음료, 점심에는 소화제, 퇴근

무렵에는 술이 많이 팔린다. 한국인의 현실을 그대로 보는 것 같아 씁쓸하다. 박카스로 피로를 물리치고, 점심 먹고는 소화제를, 또 저녁에는 술을 들이부어야 잠을 잘 수 있는 현실 말이다.

사람들은 버티기 위해서 이런 것들을 사고, 버티기 위한 물건들을 팔면서 나도 견딘다. 편의점은 삶을 지탱하는 사람들이 하루의 에너지와 술 한 잔의 위로를 사기 위해 모여드는 삶의 현장이 아닌가 싶다.

하라는 대로 하면 돼요

편의점에서도 택배를 보낼 수 있다. 예전에는 택배를 보내려면 우체국까지 가거나 언제 올지 모르는 택배 아저씨를 기다리며 외출도 못 했다. 이제는 가까운 편의점에서 언제든지 택배를 보낼 수 있으니 얼마나 편한지 모른다. 예전보다 요금이 올라 비싸다고 하는 사람도 있지만 내가 이 물건을 직접 부산이나 광주까지 옮긴다고 생각하면 이 정도는 거저라고 생각한다. 요새는 천천히 가는 대신 요금이 절반인 반값 택배라는 것도 있으니, 우리나라 택배 산업 만만세(갑자기?).

택배를 보내려면 편의점에 설치된 택배 기계에 직접 무게를 달고 주소를 입력해야 한다(택배 앱에서 미리 주소를 입력해 오면 더 빨리할 수 있다). 젊은이들은 택배 접수가 처음이라고 해도 금방 하지만 어르신들은 쩔쩔맨다. 나도 처음에는 그랬다. 어떤 주소는 입력해도 없다고 나와서 받는 사람에게 이 주소가 맞냐고 다시 전화하곤 했다(주소 검색이 은근히 까다롭다). 우리 편의점에서 택배 접수를 곧잘 하는 어르신들도 처음에는 헤맸으나 이제는 슈퍼소년 앤드류보다 빠르다. 뭐든지 처음이 어렵고 느리지 익숙해지면 아무것도 아니다.

문제는 기계를 보자마자 겁을 먹고 "저기요!" 하고 나를 부르는 사람들이다. 다짜고짜 자기 거를 먼저 봐 달라고 불러서 짜증이 난다.

"거기 하라는 대로 누르시면 돼요!"

빽 소리를 지르면 어느 분은 기분이 나빴는지 그냥 가버리기도 하고(속으로 저 싹수 노란 년, 하고 욕을 했겠지), 직접 해보려고 이것저것 눌러보는 어르신도 있다. 아예 카운터 옆으로 와서 계산이 언제 끝나나 나만 쳐다보고 있는 사람도 있다.

"아직 젊으신 분이 무조건 못 한다고 하면 어떡해요? 이번 한 번은 제가 해드릴 수 있어도, 택배 보낼 때마다 남들한테 아쉬운 소리 할 거예요?"

나는 고작 이거 하나 할 줄 안다고 유세를 떤다. 내 말을 듣는 어르신은 고까우면서도 당신이 아쉬우니 내 잔소리를 가만히 듣고 있다.

"자, 여기 누르세요. 일반 택배 누르시고요. 그다음에 여기, 현장 접수 누르세요."

진짜 파파 할머니가 아닌 이상 당신 손가락으로 다 누르게 한다. 처음에는 난감해하던 어르신들도 하나씩 직접 누르고 마침내 운송장 출력까지 마치고 나면 "할 만하네"라거나 "다음에 내가 혼자 할 수 있을까?"라고 말한다. 둘 다 뿌듯한 표정인 건 확실하다.

퇴근길에 카페에 들렀다. 요새는 키오스크로 주문받는 것이 대세다. 한 잔은 지금 마실 거고 석 잔은 포장해서 가져갈 건데, 한꺼번에 어떻게 주문해야 할지 모르겠다. 카운터 쪽을 쳐다봐도 눈을 맞춰 주는 이가 없다.

"저기요, 이거 어떻게 해요?"

목청껏 가게의 점원을 불러 보았다.

"거기 하라는 대로 누르시면 돼요!"

혼자서 커피를 만드느라 정신없는 아르바이트생은 나를 쳐다보지도 않고 소리를 빽 질렀다.

'저 싹수 노란…'

나는 얼굴이 붉으락푸르락해져서 카페를 나와 버렸다. 나는 저러지 말아야지, 라고 생각했다.

베테랑의 노하우

편의점 아르바이트만 십 년이 넘었다. 본사에서 정식 직원으로 입사해 달라거나 헤드헌터가 스카우트를 제안한 적은 꿈에서도 없었고, 고령의 아르바이트생을 채용해 준 점장님이 고마워서 열심히 일하고 있다(이 일을 이렇게 오래 할 줄은 몰랐다). 십 년 넘게 일하다 보니 편의점에서 중요하게 생각하는 일들이 생겼다. 바로 '적당한 친절'과 '재고관리', '페이스 업'이다.

친절은 하되 선을 넘지 않아야 하는 것이 '적당한 친절'이다. 동네 마트의 사장님이 "오늘은 커피 우유 안 사세요?"라고 내게 물었을 때 '헉, 내가 뭘 사는지 다 꿰고 있네?' 하고 놀란 적이 있다. 커피 우유는 당이 높아서 남편이 내게 먹지 말라고 하는 음료라 몰래 사 먹고 있었는데 사장님이 알고 있었다니, 잔소리 들을 일을 딱 들켜 버린 느낌이라 싫었다. 그런데 내가 파는 사람이 되어보니 어떤 손님이 무엇을 사는지 저절로 다 알게 되더라. 자주 오는 손님 담배는 물론, 편의점 과일이 맛있다며 싹쓸이해가는 손님, 저 손님은 바나나 우유만, 이 손님은 막걸리만 산다는 걸 안다.

점장 언니는 담배를 많이 사는 단골이 고마우면서도 걱정되어 "새해에는 건강을 위해 담배 좀 줄이세요"라고 덕담했더니, 그 손님이 당신이 뭔데 그러냐며 화를 냈다고 했다. 걱정해서 한 말인데 너무하네 싶었지만 그 손님 안 그래도 담배 끊으라는 소리를 많이 들을 텐데 내 돈 내고 가게 주인한테까지 그런 말을 들어서 열 받았는지도 모르겠다.

무엇을 주로 사는지 보면 그 사람의 기호나 취향까지 짐작할 수 있다. 개인 정보가 특히 중요한 요즘 사생활을 들키고 있다는 불편을 느끼지 않도록 '알아도 모르는 척할 것, 묻는 일에만 친절할 것'이라는 원칙이 생겼다.

물건이 어디에 얼마나 있는지 파악하는 '재고관리'도 중요하다. 출근해서 텅 빈 진열대를 보고 '역시 인기 상품이라 다 팔렸구나' 했는데 창고에 잔뜩 쌓인 걸 보면 화가 난다. '다른 근무자들 다 뭐 한 거야' 화딱지가 나서 점장 언니한테 일러버릴까 싶다가도 내 나이가 몇인데 자식 같은 애들을 고자질하나 싶어서 참는다. 물건을 창고에 쌓아 놓고 못 파는 장사꾼이 제일 바보라고 했다. 어떤 상품이 얼마나 있는지 알아야 팔 수 있다. '거기 없으면 없어요'라는 말 대신 창고로 후딱 뛰어가서 찾아와야 하나라도 더 팔 수 있다(이런 알바가 어디 있냐, 우리 점장 언니는 복도 많지!).

　마지막으로 '페이스 업'에 신경 쓴다. 상표가 잘 보이게 진열되어 있으면 상품들이 나를 향해 웃는 것 같다. 삐뚤어지거나 등 돌리고 있으면 애인이 내게 그러는 것 같아서 싫다. 뒤돌아 있어도 되는 것은 코카콜라나 레쓰비처럼 레전드 반열에 오른 아이들이다. 우리 매장에서는 확고한 고객층이 있는 1등 제품은 구석에 넣고, 신상품이나 잘 안 팔리는 제품을 눈높이 로얄석에 진열하기도 한다. 1군이 되고 싶은 제품들은 페이스 업을 하고, 홍보 스티커를 붙이고, 덤을 증정해서라도 자기의 장점을 어필해야 한다. 가만히 있으면 아무도 알아주지 않는 점은 상품이나 사람이나 똑같다.

이런 것들을 노하우라고 불러도 될지 모르겠다. 십 년이나 일했다더니 겨우 이것뿐이야 하고 실망하려나. 당연하기도 하고 간단한 일뿐이다. 하지만 기본에 가까운 일일수록 중요하다는 걸 깨닫기까지 오래 걸렸다.

상대에게 예의를 갖추고 상품의 재고 파악과 진열을 바로 하는 기본 원칙은 편의점뿐만 아니라 나의 생활에도 필요하다. 사람과의 거리를 지키고 내가 가진 것과 부족한 점을 아는 일, 생활을 정돈하는 노하우는 그 어떤 명언보다 값지다.

미역국 라면

하루도 빠짐없이 담배를 사고 가끔 신라면을 사는 할아
버지가 오셨다.

"혹시 미역국 라면이라는 게 있소?"

"그럼요. 잠시만 기다려 주세요."

매대에 있던 미역국 라면을 꺼내 왔다.

봉지라면을 물끄러미 바라보던 할아버지가 혹시 컵라면
도 있냐고 다시 물었다.

"컵라면도 있기는 한데 끓이는 게 훨씬 맛있죠. 웬일로
컵라면을 찾으셔요?"

평소에 점잖던 손님이라 친근하게 물었다.

"할멈이 병원에 입원해 있어서 끓이기는 어려울 것 같아요. 병원 침대에서 텔레비전을 보다가 미역국 라면 광고를 봤나 봐요. 먹어보고 싶대. 아파서 쓰러지니까 이제야 좀 쉴 수 있는데… 고작 먹고 싶다는 게 라면이라니 참 속상하네요."

웃으며 물었던 질문에 뜻밖의 답이라 당황했다.

"미역국 라면 정말 맛있어요. 할머니가 좋아하실 거예요."

위로에 서툰 편이라 고작 나온 말이 이거였다. 할아버지는 그러냐고, 먹어보고 싶다고 한 게 맛있다니 다행이라고 했다.

오늘 할아버지는 담배는 사지 않고 할머니가 먹어보고 싶다는 미역국 라면만 사 갔다.

책임져

"이거 어떡할 거야? 여기서 그랬으니 책임져!" 교통카드 한 장이 눈앞에 떨어졌다. 아이라인 문신을 짙게 한 어머님이 나를 노려보고 있었다. '어르신 교통카드'이니 환갑은 넘었을 텐데 카랑카랑한 목소리만 들으면 이팔청춘이래도 믿겠다. 난데없는 불호령에 정신이 아득해졌다. "어머님, 무슨 일이세요?" 무서웠지만 안 떨리는 척 친절하게 물었다.

이야기를 들어보니 얼마 전에 우리 편의점에서 교통카드 만 원어치를 충전했는데 버스를 두 번 타니까 잔액이 없어졌더란다. 다른 데서 충전할 때는 그런 적이 없었는데 여기서 충전하고 그랬으니 돈을 물어내라는 얘기였다. 어머님은 날도 더운데 화까지 나서 땀을 뻘뻘 흘렸다.

간혹 엉뚱한 보상을 해달라는 경우가 있다. 예전에 어떤 손님은 맥심에서 맥스웰 하우스 맛이 난다며 환불을 요구하기도 했고, 여기서 충전하면 버스 요금이 더 많이 나간다며 동네 장사 그렇게 하는 거 아니라고 호통치고 간 사람도 있다.

가끔 가방 버클의 강한 자석 때문에 교통카드가 손상되기도 한다는데, 오늘 어머님이 그런 경우가 아닌가 싶었다. 다행히 어머님은 만 원이 '충전된 거는 맞다'라고 했다. 충전된 돈이 아예 없었다면 문제지만 버스를 두 번 탄 후 잔액이 사라졌다고 하니 우리 편의점에서 해결할 문제는 아니었다.

사실 '티머니에 전화해 보세요'라고 말하려다 말았다(그걸 알았으면 여기에 오지 않았겠지, 나한테 눈을 흘기지도 않았겠지). 땀을 많이 흘리고 있는 어머님께 우리랑 상관없는 일이라고 딱 잘라 말할 수 없었다. 어떻게 도울 수 있을까 하다가 지에스25 해피콜에 전화했다. 폭염 때문에 기계 고장 접수가 많아 상담원 연결이 어렵다는 멘트가 나왔다. 오래 기다린 끝에 연결된 상담원은 날짜를 모르면 충전 내용도 알 수 없고, 카드 사용 내역은 본인이 티머니에 전화를 걸어야만 확인할 수 있다고 설명했다. 내가 다시 티머니에 전화를 걸었다. 여기도 불통이었다. 한참 대기하다 보면 전화가 뚝 끊겼다. 그 와중에 다른 손님들 계산도 해주고 담배도 팔고, 전화가 끊기면 또다시 걸었다.

시간이 얼마나 흘렀을까. 처음에는 잔뜩 화가 나서 여기서 책임지라며 나를 노려보던 어머님의 눈꼬리도 어느새 내려앉아 있었다. 어머님이 "바쁜데 미안해서 어쩌나"라고 말씀하실 때는 코끝이 시큰해졌다(이렇게 우리는 조금 더 다정하게 살 수도 있다). 티머니의 상담원 전화가 또 끊겼다. "어머님 죄송해요. 전화가 또 끊겼어요. 다시 걸게요." 어머님이 손사래를 치며 다가왔다. "아냐, 이제 내가 할게요. 어디다 전화하라고?" 어머님의 다정한 말투에 눈물이 나려 했다.

티머니 카드 뒷면의 작은 번호를 종이에 크게 써 드렸다. "카드 번호 누르라고 하면 앞에 여기 숫자 누르면 돼요"라고 말하니 옆에 있던 남자 손님이 "그거 서울시 교통카드 문제인 것 같은데 주민센터에 가보세요"라고 했다. 그것도 괜찮은 방법인 것 같다. 주민센터는 친절하니까.

"아까 딴 사람이 사 가는 거 보니까 달걀이 싸던데 나쁜 거 아니에요?" 나는 전화 신경 쓰느라 계산을 잘했는지 못 했는지도 모르겠는데 어머님은 그 와중에 볼 거 다 보셨네.

"이거 원래 8,900원짜리인데 지금 이천 원 할인 중이에요. 마트보다 조금 더 비쌀지는 몰라도 확실히 맛있어요."

"그럼 사장님 믿고 한 판 사볼게요. 맛없으면 책임져요."

"저, 사장 아닌데요."

"어머, 사장도 아닌데 이렇게 친절해요? 상 줘야겠네."

(그런 말은 우리 사장님 있을 때 해 주세요)

어머님은 나가려다 돌아서서 "가끔 핸드폰으로 25시 편의점 쿠폰 같은 거 들어오는데 뭔지 몰라서 한 번도 못 썼어. 한 번 가져올 테니 봐줄 수 있어요?"라고 물었다. "그럼요! 언제든지 오세요."

무섭던 어머님은 사라지고 이마가 보송보송한 온화한 눈매의 어머님이 편의점을 나섰다.

오누카 부부

낯익은 얼굴의 앳된 여성이 편의점 문을 밀고 들어왔다. 매우 곤혹스러운 표정을 지으며 말했다. "저희 남편이 급해서 그러는데 화장실을 쓸 수 있을까요?" 화장실 빌려주는 건 내키지 않지만(끔찍한 꼴을 종종 봐서) 오죽 급하면 저럴까 싶어서 바로 열쇠를 내주었다. 속으로는 '남편이 말하면 되지, 그 말을 못 해서 부인을 시켜?' 하고 흉을 보았다. 어떤 잘난 남자가 부인에게 화장실 심부름까지 시키나 싶어서 밖을 내다보았다. 어쩐지 낯이 익다고 했더니 일주일에 한 번 건물 청소하러 오는 여자였다. 두 사람이 오가는 것은 알았으나 남편이 흑인이라는 건 오늘 처음

152

알았다. 아, 한국말이 서툰 외국인이라 화장실을 빌려주지 않을까 봐 부인이 대신 말한 거였구나.

우리 건물을 청소할 때가 딱 화장실 타임인 건지, 화장실을 쓸 수 있는 곳이 우리 건물뿐인 건지 아내가 몇 번 더 화장실 열쇠를 빌리러 왔다. 나는 그때마다 아내가 너무 미안해하며 화장실 키를 받는 게 마음에 들지 않았다. 화장실에서 때를 벗기겠다는 것도 아니고, 물도 안 내리고 불도 켜놓은 채 그냥 가는 놈도 있는데, 별것도 아닌 이딴 일로 눈치를 보는 게 마음에 들지 않았다. 그 모습에 괜히 내 속이 끓어서 "진짜, 아무 때나 편하게 말씀하셔도 돼요"라고 힘주어 말했다.

그 뒤로는 남편이 직접 왔다. 쑥스러운 웃음을 지으며 가게 문을 열면, 영어 능통자인 내가 "토일럿?"이라고 물었고, 남편은 서툰 한국말로 "감사합니다"라고 말했다. '땡큐'라고 해도 알아듣는데 말이다.

건물 청소가 끝날 즈음에는 종이컵에 커피믹스를 타서 주기도 했다. 내 것 타는 김에 두어 잔 더 탔을 뿐이다. 부인이 받기만 해서 미안하다며 다른 물건을 괜히 사려 하기에 말렸다. 내 돈으로 산 커피가 아니라고, 우리 사장님 커피라서 많이 마셔도 괜찮다고 했다(응?).

　다른 손님의 물건을 계산하고 있는데 아내가 들어와 카운터에 무언가를 쓱 밀어놓고 갔다. 편의점에 온 우편물을 챙겨주는 건가 했는데 투박한 흰 봉투였다. 봉투를 열어보니 그 안에는 노브랜드 초콜릿과 편지 한 장이 들어 있었다.

　'행복한 마음을 가지신 분께! 친절하신 마음에 저희 오누카 부부, 너무 행복하고 감사했어요. 늘, 건강하시고 온 가족들이 행복하시기를 진심으로 소원합니다.'

　정성 들여 쓴 글씨에 금세 눈물이 맺혔다. 나는 그저 웃는 얼굴로 화장실 열쇠를 빌려줬을 뿐인데 몇 배의 축복으로 돌려받았다. 오늘이 마지막 청소인 줄 알았다면 맛있는 과일이라도 손에 들려 보내는 건데. 뒤늦게 뛰어나갔을 땐 오누카 부부의 차는 이미 떠나고 난 뒤였다. 편의점에 비싸고 화려한 초콜릿은 많지만 이렇게 감동을 주는 초콜릿은 처음이었다.

'오누카 부부님! 저의 가장 큰 진심을 담아 부부의 앞날을 축복합니다. 건강하시고 행복하세요. 돈도 물밀듯이 들어오길 기원합니다!'

노란 포장의 초콜릿을 가슴에 품으며 그들의 앞날을 위해 기도했다.

덧붙여서

점장 언니! 언니 화장실 가지고 내가 생색내서 미안해. 내가 오늘 화장실 한 번 참을게. 언니 커피믹스 가지고 내가 선심 써서 미안해. 내가 오늘 하나 덜 마실게. 오누카 부부가 뭐 사려는 거 못 사게 말려서 미안해. 대신 오늘 내가 더 많이 팔게. 그런데 언니, 우리 가게 잘 되는 거 다 내 덕인 거 알지(응?).

시간이 흐른다는 것은

일주일에 두어 번 오는 할머니 손님이 있다. 근처 아파트
에서 청소일을 한다고 했다. 처음에는 물건마다 비싸다고
트집을 잡아서 '그럼 저 아래 마트로 가시라'는 말을 몇 번
이나 참았는지 모른다. 불평을 듣기 싫어서 일부러 퉁명스
럽게 굴었는데도 개의치 않고 계속 오는 얄궂은 할머니다.

언젠가부터 비싸다는 불평 대신 내게 말을 걸었다. 가
게 문을 밀고 들어오며 "어이구 허리야", 어느 날은 "어이
구 다리야" 했다. 그래도 하루도 거르지 않고 우리 가게
앞을 오간다. 이제는 나만 보면 친구처럼 말을 건다. "요
새는 뭐해 드셔?", "어제는 오이소박이를 담갔더니 맛있더

라고.", "우리 손자들 사다 줄 건데 불량식품 아니지? 불량식품이면 우리 며느리한테 혼나." 이제는 제법 친해져 엊그제는 아들이 십만 원 넘는 운동화를 사주었다며 자랑도 했다.

할머니는 종종 무슨 과자가 맛있냐고 물어본다. 이것저것 얘기해 줘도 '이가 아프네', '살이 찌네' 하면서 결국 강냉이만 사면서 말이다. 엊그제 할머니가 또 "맛있는 과자가 뭐라고 했지?"라고 물었다.

"에이, 이 아파서 다른 거 못 드신다면서요. 강냉이 갖다드려요?"

"아니, 내일 손자들이 집에 다 오니까 맛있는 거 좀 사다 놓으려고 하지."

"손자가 몇 살인데요?"

"중학생도 있고 초등학생도 있고 돌쟁이도 있지. 내가 남매 넷을 낳았으니 그 자식들이 또 많지."

또 누구는 공부를 잘하고, 누구는 귀엽게 생겼다고 묻지도 않은 이야기를 줄줄이 내놓았다.

베테랑 알바의 짬으로 인기 있는 과자를 골라드렸다.

할머니는 만 원짜리를 꺼내다 말고 이것도 좀 보라며 사진 두 장을 내밀었다. 빛바랜 옛날 사진 속에 젊은 여자가 웃고 있었다.

"이게 나여."

"에이, 거짓말. 이 여자는 날씬한데요?"

"나이 먹어 봐, 이렇게 돼."

나는 또 "아닌데요? 이 여자는 너무 예쁜데요?" 했다. 할머니가 웃으며 "나도 이렇게 예뻤어"라고 말했다. 지금 내 눈앞의 할머니와 사진 속의 젊고 고운 여자가 같은 사람이라는 게 믿기지 않았다. 사진을 한참 들여다봤더니 눈도 같고 코도 같은 게 보이기 시작했다.

"정말, 너무 예뻐요."

나도 모르게 나온 진심이었다.

할머니는 이 사진은 어디서 찍은 거고 이 옆의 사람은 진즉에 죽은 서방이라고 알려 주었다. "할아버지가 보고 싶어요?" 짓궂은 질문을 했다.

"보고 싶긴 뭐시가 보고 싶어. 속만 썩이다 먼저 죽어 버렸구만."

할머니는 내게 쓸데없는 얘기는 말고, 액자를 하려고 하는데 둘 중에 어느 사진이 더 예쁘냐고 물었다. 나는 얼굴이 크게 나온 이 사진이 더 곱다고 말했다. 할머니는 "그렇지? 이게 낫겠지?" 했다.

"예쁘게 액자로 해서 집에다 놓으려고. 죽은 다음에 나보고 싶어 하는 자식이 가져가겠지." (눈물이 핑 돌았다.)

"죽긴 뭘 죽어요. 할머니 기운을 보니까 백 살까지는 너끈히 살 것 같은데. 아직 팔십도 안 됐죠? 그러니 죽는다 어쩐다, 괜한 소리 마요."

돌아가신 우리 할머니가 생각나 하마터면 울 뻔했다.

"너무 예쁜 걸로 해 놓으면 며느리가 질투하니까 점잖은 걸로 하세요. 아들이 엄마 사진만 보고 있으면 어떡해."

할머니는 기분이 좋은 듯, 일리 있는 얘기라는 듯 웃으며 고개를 끄덕였다.

할머니에게도 젊었던 시절이 있었을 거라고는 생각 못했다. 할머니는 원래부터 할머니인 줄 알았다. 매일 어디 아프다는 소리나 하고 묻지도 않은 얘기를 늘어놓는, 내 관심 밖에 있던 할머니. 할머니도 유년과 학창 시절이 있었고 누군가를 사랑하고 이별을 거쳐 노년에 다다른 것이다. 울컥, 할머니의 오랜 시간이 내 마음에 잠기는 것 같았다. 누군가의 옛날 사진을 보는 것은 내가 알지 못하는 그의 과거가 말을 거는 것일까. 지나간 당신의 시간을 헤아려 달라고 하는 듯 마음이 미어졌다. 할머니, 지금은 누구 생각을 하나요? 누가 제일 보고 싶나요? 가슴 아린 것들을 묻고 싶었다.

점심때 할머니가 또 "아이고 다리야"라고 말하며 들어왔다. 왜 이렇게 습하냐고, 땀을 한 바가지나 흘려 힘들다고 했다. 나는 할머니한테 "강냉이 줘요? 뱃살 나오게?" 하고 장난을 걸었다. "아니야. 오늘은 뭐 사러 온 거 아니야." 할머니가 둘둘 말린 신문지 뭉치를 주었다. 신문지를 펴보니 튼실한 두릅 몇 가닥이 들어 있었다.

"웬 거예요? 저 주시는 거예요?"

"누가 이만큼 줬는데 난 혼자라 다 못 먹어. 데쳐서 막걸리랑 먹어, 신랑이랑. 우리도 그랬어."

(의리도 없이 먼저 죽은 영감이라고 흉보더니, 그래도 생각나는 건 할아버지뿐이구나)

옛날 일이다, 다 잊었다 해도 두릅 한 가닥에도 떠오르는 기억이 사랑하며 산 세월이었다. 시간이 흐른다는 것은 아프면서도 아름다운 일이다.

　오늘 저녁은 남편이랑 데친 두릅에 막걸리를 마셔야겠다. 저축하듯 재미난 기억을 쌓아 놓으면 남편이 미웠던 순간은 다 잊히고 좋은 추억만 남게 될까(남편이 먼저 간다는 전제). 그래서 나도 다른 누군가에게 '두릅엔 막걸리지. 나도 신랑이랑 그렇게 먹었어'라고 말하는 날이 올까. 무심하게 흘러가는 이 순간들을 놓치지 말자. 너와 함께한 시간 모두 눈부셨다(어디서 많이 들어본 말인데), 라고 말할 수 있도록 지금 내 곁의 사람을 보자. 날이 좋아서, 날이 좋지 않아서, 날이 적당해서….

애쓰지 마라

목과 어깨까지 덮는 깁스를 한 아주머니 손님이 온다. 손수 음식을 만들기 어려운지 도시락이나 김밥을 자주 샀다. 몹시 더운 날, 땀을 많이 흘리고 있어서 티슈 한 장을 뽑아 드렸다. 아주머니는 물건을 내려놓고 이마와 목 언저리의 땀을 닦았다. "어쩌다…." 조심스럽게 말을 건넸다.

"일을 많이 해서 그렇죠. 예전에 무거운 상자가 목에 떨어져서 크게 다쳤거든요. 치료를 잘 받았어야 했는데 마냥 쉴 수 있나요. 좀 괜찮아져서 다시 일을 나갔더니 몸 상태가 이렇게나 나빠졌어요."

아주머니는 그래도 수술하고 두 달이 지났다며, 한 달

뒤면 깁스를 푼다고 했다. 처음에는 정말 고통스러워서 재채기 한 번에도 뼈가 부서지는 느낌이었다고 했다. "얼마나 힘드셨어요." 위로를 건넸다.

"일을 너무 많이 하지 마요. 적당히 벌고 많이 놀아요. 아등바등 애써 봤자 다 소용없어."

아주머니의 다정한 눈빛에 돌아가신 우리 할머니 생각이 났다.

"할머니, 나한테 해주고 싶은 인생의 한마디가 뭐예요?"

예전에 할머니한테 물은 적이 있다. 나만 보면 "돈지랄 하지 마라", "가만히 있지 말고 뭐라도 해라"라고 잔소리를 퍼붓던 할머니라서 또 어떤 뼈 때리는 말씀을 하실까 각오했다.

"애쓰지 마라. 다 자기 등골 빼먹는 일이야. 욕심부리지 말고, 있는 것 가지고 마음 편히 살아."

뜻밖의 말이었다. 빈둥거리며 텔레비전만 보던 내게 "돼지로 태어났으면 잡아먹기라도 하지"라며 혀를 끌끌 차던 할머니가 이제는 아등바등 살지 말라니, '우리 할머니도 진짜 늙나 보네' 하고 말았다.

그러다 힘든 순간이 찾아오면 할머니의 말이 떠올랐다. 남편의 일이 잘 안 풀릴 때, 애들이 내 마음대로 안 될 때, 남들은 다 잘살아 보이고 나만 시궁창인 것 같을 때, 애쓰지 말라던 할머니의 말이 생각났다. 내게 왜 이런 일이 일어났나, 나는 왜 남들처럼 살지 못할까 하는 원망과 열등감이 다 욕심이라고 말하는 것 같았다. 할머니의 말을 떠올리며 내려놓으려고 노력했다. 포기한다는 말은 아니었다. 한 발자국 더 뒤로, 가쁜 숨을 조금만 더 깊게, 안 된다고 날 세웠던 것을 비스듬히 눕히려고 노력했다. 인생에서 제일 중요한 게 무엇인지, 돈인지 시간인지, 남의 시선인지 내 가족인지, 늘 떠올리며 살도록 애썼다.

목에 깁스를 두른 아주머니가 아이스크림 몇 개를 골라 왔다.

"요 앞의 무인 가게는 아이스크림이 몇백 원밖에 안 한다던데 편의점은 비싸네."

"아무래도 좀 그렇죠. 아이스크림은 저기가 훨씬 싸니까 그리 가서 사세요(-응?)."

열심히 장사하고 있는 편의점 앞에 떡하니 생긴 무인 가게를 미워하고 있지만, 목을 다쳐서 일도 못 나가고 있다는 아주머니의 돈을 조금이라도 아낄 수 있다면 기꺼이 보내드릴 수 있다. 아주머니는 오는 손님도 쫓아버린다며 너무 우습다고 했다.

"저런 게 바로 코앞에 생겨서 타격 입는 거 뻔히 아는데 이웃이 어떻게 그래요. 나 이 정도 아이스크림 먹는 정도는 살아요."

이제 아주머니는 처음 봤을 때보다 조금 더 무거운 장바구니를 들고 다닌다. 예전에는 조리된 음식만 샀는데, 지금은 시장에서 식재료를 사고 편의점에 들러 간식을 산다. 무거운 짐을 들 수 있을 만큼, 요리를 할 만큼 목에 힘이 생겨서 다행이다.

"괜찮아졌다고 물건 많이 들고 다니지 마세요. 다 나을 때까지 밥도 하지 말고요. 몸을 아끼세요."

아주머니가 내게 "일을 너무 많이 하지 마요"라고 말했던 것처럼, 나도 아주머니께 한소리를 했다. 아주머니는

이거 어디서 들어본 소리인데? 하는 표정으로 웃으며 나
갔다.

오늘도 힘을 내세요

얼굴이 고운 여사님이 편의점에 들어왔다. 처음 보는 손님이었다. 카운터에 도시락 두 개를 올려놓고는 "찬원이좀 눌러 줘요"라고 부끄러운 듯 작은 목소리로 말했다. 무슨 얘기인지 몰라 눈을 크게 떴다.

"시간 있을 때 유튜브에서 이찬원이 구독 좀 눌러 줘요.이번에 지에스25 모델도 하고 노래도 하잖아요."

아아, 트로트 가수 말씀하시는구나. 안 그래도 요새 편의점 로고송으로 트로트가 몇 번씩 나와서 후렴은 바로따라 부를 수도 있다.

"삼각김밥 오모리 하나~ 사는 게 다 그런 거지~"

노래를 시원하게 잘한다 했더니, 이게 이찬원이라는 가수의 노래였구나.

여사님은 이찬원의 열혈 팬이었다. '이찬원은 뒤늦게 유튜브를 시작해서 다른 가수들에 비해 구독자 수가 많이 밀린다, 그리고 아이돌 차트에 1등으로 올리기 위해(임영웅이 압도적 1등이라 한다) 우리가 이렇게 지에스25를 돌며 찬원이 도시락을 사서 홍보하는 것이다, 그러니까 구독도 눌러 주고 아이돌 차트에도 투표해 줘라'가 핵심이었다. 나는 여사님의 진심이 느껴져서 유튜브에 꼭 들어가 보겠다고 약속했다. 여사님은 나의 격한 끄덕임에 갑자기 "나이 들고 이러니 이해 안 가죠?"라며 부끄러운 듯 급히 밖으로 나갔다.

나도 저렇게 뜨거운 마음을 가진 적이 있었나. 나도 여사님처럼 설레는 사랑을 했던 적이 있던가. 김완선 언니의 오랜 팬이라고는 하지만 카세트테이프와 시디 몇 장을 산 게 전부였다. 친구와 함께 농구선수를 따라다니긴 했지만, 푹 빠지지는 않았다. 밝고 더운 농구장에서 같이 환호성을 지르다 춥고 어두운 집에 돌아오면 슬픈 비명이 나왔다. 나 자신을 사랑하지도 않으면서 다른 것을 사랑할 수는 없었다.

연애도 자신이 없었다. 가정환경이 중요하다는 말에 움츠러들었다. 부모와 사이가 좋은 남자일수록 사랑에 빠지기도 전에 선을 긋고 돌아섰다. 남편을 만나서는 해볼 만하다는 생각이 들었다. 조실부모한 남자와 부모가 있으나 마나 한 여자는 서로가 불쌍해서 사랑할 수밖에 없었다. 없는 돈으로 서로 먹이고 입혀 주었다. 나보다 더 딱한 사람이라는 생각에 보듬어 주었다. 훗날 남편도 나에게 같은 마음이었다는 걸 알았을 땐 눈물이 좀 났다.

볕이 안 드는 반지하 단칸방에 살림을 차리고 부끄러운 줄도 모르고 친구들을 초대했다. 너는 시집 잘 갈 줄 알았다는 친구의 말이 마음에 남긴 했지만, 상처는 아니었다. 이 사람이 아니면 안 되니까 잘한 결혼이라고 생각했다.

같이 산 지 이십 년이 되었다. 시장 좌판의 천 원짜리 밥그릇으로 시작한 살림이었지만 다이소 그릇을 사고, 이마트 그릇을 사고, 깨지지 않는 아름다움인 코렐로 업그레이드하는 재미가 있었다. 사랑의 열정 같은 건 이제 모르겠지만 같이 사는 재미가 있다. 주말이면 머리를 맞대고 오늘은 뭐 하고 놀까, 열정적인 궁리를 한다(결국 누워서 유튜브 '한사랑 산악회'를 보다 잠드는 날이 제일 많지만 (열정! 열정! 열정!).

내 마음이 아직 열일곱이듯이, 여사님의 마음도 열여덟인 걸 안다. 진짜 늙는다는 건 나이에 갇혀 아무것도 시도하지 않는 것이라고 했다. 나도 여사님처럼 뜨겁게 나이 들고 싶다. 좋아하는 연예인에게 아낌없는 응원을 퍼붓고 (사랑해요 성시경, 좋아해요 유연석, 힘을 내요 유병재), 좋아하는 작가의 문장에 설레며, 내 배 위로 떨어진 낙엽을 계절이 보낸 편지로 받는 사람이 되고 싶다.

여사님과의 약속대로 유튜브에 들어가 이찬원을 찾았다. 구독 버튼도 눌렀다. 몇 개의 영상을 보다 보니 어머님들이 왜 좋아하는지 알겠더라. 선한 인상에 노래 솜씨가 일품이다. 여사님이 이번 신곡이 대박이라고 했는데 노래가 정말 좋다. 가사에 위로를 얻고 목소리에 힘을 얻었다.

"나만 빼고 모두 다 잘 살아 보여 너무나 부러운가요. 하지만 다 힘들었던 사연은 있죠. 그리 부러워하지 말아요. 인생이 다 거기서 거긴 거죠. 그렇게 걱정 말아요. 살다 보면 좋은 날이 와요. 모두 다 힘을 내세요. 힘을 내세요. 힘을 내세요. 아무리 힘이 들어도 언젠가 쨍하고 해 뜰 날이 와요. 오늘도 힘을 내세요."

이찬원, <힘을 내세요> 중에서

무언가 사정이 있을지 몰라

고등학교 생물 시간이었다. 『매디슨 카운티의 다리』를 읽어 본 사람이 있느냐는 선생님의 질문에 손을 들었다.

"책을 읽은 소감이 어떠니?"

"불륜을 미화한 이야기가 불편했습니다."

내 대답에 선생님은 손끝으로 눈물을 찍어대며 웃었다.

"나중에, 네가 사십 대가 되면 꼭 다시 읽어 보렴. 선생님은 이 이야기가 너무 좋았어."

첫사랑에 대한 열망이 있는 여고생에게 불륜을 아름답다고 이야기하다니. 생물 선생님 그렇게 안 봤는데 몹시 불건전한 사람이라고 생각했다. 그러나 결혼하자마자, 이

십 대 후반에(응?) 이 책이 너무 좋아졌다.

 "이렇게 확실한 감정은 일생에 단 한 번만 오는 것"이라는 로버트의 말도 "누군가와 가정을 이루고 자식을 낳기로 결정한 순간 어떤 면에선 사랑이 시작된다고 믿지만 사랑이 멈추는 때이기도 해요"라는 프란체스카의 말도 내 마음에 꽂혔다. 내가 남편 모르게 트럭을 타고 온 멜빵 아저씨를 사랑해서도 아니고, '흰 나방이 날갯짓할 때 저녁 식사하러 오시겠어요'라는 쪽지를 한강대교 난간에 꽂아둔 일이 있어서도 아니었다. 특별한 감정이나 꿈은 묻어둔 채 책임감으로 일생을 살아간 여자에 대한 연민으로 이 이야기를 사랑하게 되었다.

 "프란체스카는 그가 부엌문을 빠져나가 현관을 가로지른 후 마당으로 나가는 것을 지켜보았다. 그는 방충문을 쾅 소리가 나게 닫지 않았다. 다른 사람들은 하나같이 그랬지만 그는 얌전히 문을 닫았다."
     로버트 제임스 월러, 『매디슨 카운티의 다리』 중에서

 소설을 영화화한 작품에서 이 부분을 표현한 장면이 좋

앉다. 프란체스카의 남편이 으레 그랬듯 방충문이 쾅 닫힐 걸 각오하고 눈을 질끈 감았지만, 소리 안 나게 살짝 닫는 로버트에게 또 한 번 마음을 뺏기던 순간이었다(20대에는 '남자 주인공이 웬 할아버지야' 하고 실망했는데 내가 프란체스카의 나이가 되고 보니, 역시나 아직도 단발 할아버지다. 알 수 없는 할리우드의 세계).

갑자기 영화 속 이 장면이 왜 생각났지? 했는데 이유를 알았다. 남자가 나타났다. 클린트 이스트우드처럼 조용히 문을 닫는 사람이 아니라, 편의점 유리문을 발로 쾅 차고 들어오는 남자. 코로나가 절정일 때, 다수가 손대는 문의 손잡이를 만지기 싫어서 문을 등으로 밀거나, 발로 미는 사람들이 있기는 했다. 계산하기 위해 물건을 잡을 때 음료수의 병목을 만지지 말라는 얘기도 들었다. 그것까진 생각 못했는데, 코로나로 인해 불안하게 느낄 수도 있겠다 싶어서 위생장갑을 끼고 일하기도 했다.

그런데 이 손님은 발로 문을 미는 정도가 아니라 뻥 찬다. 그 소리가 어찌나 큰지 꺅, 하고 소리를 지른 적도 있다. 일부러 "아이, 깜짝이야"라고 큰 소리로 말해봤지만 들리지 않는 건지, 안 들리는 척하는 건지 행동은 달라지지 않았다. 몇 번 보다 보니 한쪽 손에 미니 스프레이를 쥐고 있는 게 보였다. 휴대용 소독제 같았다. 안전 불감증이 만연한 이 시대에 청결과 소독에 신경 쓰는 일은 바람직하다. 특히 화장실에서 일 보고 손 안 닦기로 유명한 K-아저씨가 휴대용 소독제까지 들고 다니는 일은 표창장 감이다. 그런데 본인의 철두철미한 청결 덕분에 내가 경기하게 생겼다. 저러다 유리문에 금이라도 가면 물어낼 건가. 유리문이 아주 비싸다고 말하면 살살 밀고 들어오려나.

오늘도 그 손님은 어김없이 문을 발로 쾅 차고 들어왔다. 세상이 어지간히 더러워 죽겠나 보다. 문득 복수해야겠다는 생각이 들었다(나는 원래 이런 인간). 이 손님이 매일 사는 담배를 카운터에 올려놓는 대신 내 더러운 두 손으로 잡아 포개서 건넸다. 손님은 잠시 멈칫하더니 손가락 두 개로 집어 들고 나갔다. 당연히 나갈 때도 문은 발로 쾅. 나한테 더럽다고 하거나 다른 걸로 바꿔 달라고 안 하는 걸 보니 되게 나쁜 사람은 아닌데 말이다(아마 나가자마자 소독제를 뿌릴 것이다).

며칠 후 가시라기 히로키의『먹는 것과 싸는 것』이라는 책을 읽었다. 위생과 소독에 진심인 아저씨를 조롱한 내가 부끄러워졌다. 이 책은 무려 십 년 넘게 희귀 질환인 궤양성 대장염을 앓고 있는 작가의 이야기다. 남들은 감기로 지나가는 것도 작가에게는 큰 병으로 이어질 수 있어 외출조차 극도로 조심하고 있었다. 문을 발로 차고 들어오는 아저씨도 내가 알지 못하는 어떤 사정이 있을지도 모른다. 내가 함부로 비아냥거릴 수 있는 일은 아무것도 없다.

"상대방에 대해 자세히 알면 이상해 보이던 것도 이해할 수 있다. 이상한 사람 같았는데 그렇지 않다는 걸 알게 되기도 한다. 당연히 한 사람 한 사람을 그렇게 자세히 알기란 불가능하다. 그렇지만 불가능하기에 더더욱 나는 '무언가 사정이 있을지 몰라' '실은 그런 사람이 아닌지 몰라'라는 단서를 붙이며 사람을 대하고 싶다. 그렇게 잠깐 생각하기만 해도, 커다란 차이가 생긴다."

가시라기 히로키,『먹는 것과 싸는 것』중에서

아까운 재능

대학을 휴학하고 취업 같은 아르바이트를 했다. 옷 가게에서 오전 열 시부터 밤 열 시까지, 식대도 근무시간도 약속한 것과 달랐지만 불평 없이 일했다. 돈독이 바짝 올라 돈 모을 생각만 했다. 그때도 손님들하고 사이가 좋았다. 후줄근했던 사람이 새 옷을 입어 멀끔해지는 걸 보는 재미가 있었다. 손님이 옷을 잔뜩 입어보고 그냥 가도 화나지 않았다. 오히려 마음에 드는 옷을 갖춰 놓지 못해 미안했다('체이스컬트'였는데 모범생 스타일의 옷만 있었다). 옷 가게 사장님은 매장을 하나 내줄 테니 아예 학교를 그만두고 점장으로 일하라고 했다. 심각하게 고민했다. 어차피 이 졸업장으로는 그저 그런 회사밖에 못 갈 텐데 이대로 주저앉아 돈이나 벌까 하고 생각했다.

어느 날 친하게 지내는 옆 가게 '메이폴' 사장님이 퇴근하는 나를 불러 세웠다.

"너희 사장이 너를 붙잡으려 하는 걸 알고 있다. 너는 여기 있기 아까운 사람이니 네 자리로 돌아가라."

평소 아버지같이 다정하던(실제 아버지는 전혀 다정하지 않지만) 메이폴 사장님의 말에 나는 학교로 돌아갔다. 나의 어떤 면을 보고 장사가 내 자리가 아니라고 했던 것일까(손님이 옷을 많이 입어 봤는데도 하나도 못 팔고 그냥 보내는 멍청이여서였을까). 이십 년도 훌쩍 지난 지금 다시 묻고 싶다. 결국 돌고 돌아 물건을 팔고 있으니 메이폴 사장님이 틀렸다고, 거상 김만덕이나 제프 베이조스가 될 수도 있었는데(응?) 사장님이 말리는 바람에 되지도 않는 공부를 하느라 시간만 버렸다고 책임을 묻고 싶다(농담).

목소리가 훌륭한 할아버지 손님이 있다. 다듬지 않은 흰 수염이 무성하고 어깨에는 비듬이 쌓여 있지만 목소리 하나만큼은 끝내준다. 눈을 감고 들으면(꼭 눈을 감고 들어야 한다) 이선균이나 김동률이 온 게 아닌가 할 정도의 동굴 목소리다. 성우나 아나운서를 했으면 인기가 많았을 것이다.

고등학교 때 '현이'라는 친구도 노래하는 목소리가 좋았다. 은쟁반에 옥구슬 굴러가는 소리가 현이의 목소리를 말하는 거라면 누구든 고개를 끄덕일 것이다. 수학여행 때 조교가 "이 학교에서 노래 제일 잘하는 사람 나와" 했을 때 우리는 현이의 이름을 외쳤다. 현이는 부끄러워서 싫다고 빼다가 결국 무대에 올라 이선희의 <추억의 책장을 넘기며>를 불렀다. 노래가 시작되자 몇백 명 수다쟁이 여고생들의 입은 다물어졌다. 요즘 사람들은 복면가왕이나 나가수에서 노래를 듣다가 울지만, 우리는 현이의 노래에 일찍이 감동의 눈물을 흘렸다. 우리는 현이가 장차 키메라나 조수미가 될 거라고 믿었다. 집안 사정으로 성악 공부를 멈추고 신학 대학에 갔다는 얘기를 들었을 때 나는 그 노래 실력이 아까워 죽을 뻔했다(내가 노래하면 고양이도 놀라 날뛴다).

노래 잘하기로는 대학 때 만난 J라는 친구도 있었다. 소찬휘 저리 가라 할 실력으로 <Tears>를 불렀다. 춤도 노래도 연예인 감이었다. SM 오디션에 지원해 보라고 부추겼는데 안 했는지, 못 했는지 졸업하자마자 고향으로 내려가 버렸다.

다들 사정이 있었을 것이다. 집이 가난했고, 돈을 벌어야 했고, 마냥 꿈만 생각하기엔 현실이 발목을 붙잡았을 것이다. 우리는 가보지 못한 길을 아쉬워하면서, 만약 그 길로 밀고 나갔다면 어땠을까를 종종 상상한다. 그렇다고 우리가 놓아 버린 재능은 영영 쓸모없는 것이 되었을까.

신학 대학에 진학한 현이는 목사와 결혼했다. 주말마다 천상의 목소리로 찬송을 들을 수 있는 그 교회 교인들은 복 받았다(하나님도 기뻐할 것이다). 고향으로 내려간 J는 일찍 결혼해 아이를 낳았다. 가끔 보내온 동영상 속에는 남편의 기타 반주에 기가 막히게 노래하는 친구 J와 실룩실룩 엉덩이춤을 추는 아이가 있었다. 아까운 재능은 사라지지 않았다. 나름의 모습으로, 자신이 가장 사랑하는 사람과 일에 쓰이고 있었다.

할아버지 손님한테 목소리가 좋다고 말하고 싶은걸 계속 참았다. 그러나 타고난 오지랖이 어디 가나. "목소리가 정말 좋으세요. 그런 얘기 많이 들으시죠?" 할아버지는 아니라고, 한 번도 못 들어 봤다고 부끄러워하며 손사래를 치고 갔다. 그 뒤로 할아버지 손님은 동굴 정도가 아니라 지구의 핵을 파고들 듯한 저음으로 내게 말을 건다. 나에게 좋은 목소리를 들려주기 위해 가게 앞에서 흠흠 목소리를 다듬고 들어온다. "봉투 주세요, 담배 주세요" 하는 목소리가 이렇게 좋을 수가. 할아버지의 아까운 재능은 사라지지 않았다. 이렇게 날마다 내 귀를 호강시켜주고 있으니.

녹슨 자전거

동네 사람들이 '귀신은 저 인간 안 잡아가고 뭐하나'라고 말하는 할아버지가 있었다. 나도 그 할아버지를 싫어했다. 셔츠를 걸친 건지 벗은 건지 다 풀어헤친 차림으로 나타나 소주 한 병을 사면서 일부러 백 원, 이백 원씩 떼어먹었다. 처음에는 돈이 부족하다며 이따 갖다준다고 하더니 나중에는 아예 이것만 받으라며 백 원씩 덜 주고 갔다. 훨씬 싸게 파는 슈퍼로 가라고 해도 멀어서 못 간다며 매일 술 취한 상태로 나타나 나를 괴롭혔다. '그래, 백 원씩 떼먹고 갑부 돼라!'고 욕을 하다가, 하루 몇백 원씩 한 달이면 오천 원이 넘는다고 생각하니 부아가 치밀었다. '나도 이제 그렇게는 못 판다', '아르바이트인 내가 모자란 돈을 매일 채우고 있다'라고 얘기해도 할아버지는 모르는 척했다. 늘 인사불성 상태라 그냥 빨리 가게에서 나가기를 바라기도 했다. 할아버지는 술에 취해서 길 한가운데 앉아 있거나, 주차된 차를 내리치고 행인과 시비가 붙어 경찰이 몇 번이나 출동했는지 모른다. 동네 사람들 모두가 할아버지에게 손가락질했다.

어느 날 출근길에 그 할아버지를 보았다. 낡은 주택의 쪽문 앞에서 부인인 듯한 여사님을 붙들고 있었다.

"태워다 줄게. 안 취했어."

낮은 목소리로 다정하게 말하고 있었다. 나도 할아버지가 술에 취하지도 않고 셔츠도 단정히 입은 모습은 처음 보았다. 일을 나가는 참이었는지 운동화에 가방을 멘 여사님은 잠시 고민하더니 고개를 끄덕였다. 할아버지는 놀러 나갈 허락을 받아낸 꼬마처럼 가벼운 발걸음으로 대문 안에서 자전거를 끌고 나왔다. 자전거는 할아버지만큼 오래되고 녹슬어 보였다. 할머니는 익숙한 듯 뒷자리에 걸터앉아 할아버지의 허리춤을 잡았다. 할아버지는 굽어진 허리를 청년처럼 쭉 펴더니 자전거 바퀴를 굴러 앞으로 나아갔다. 그 모습에 왜 영화 <첨밀밀> 속 자전거를 타는 여명과 장만옥의 모습이 떠올랐는지. 할아버지의 허리를 붙잡은 할머니의 뒷모습이 내 마음에 박혔다. 그다음부터는 백 원을 떼먹는 할아버지가 많이 밉지 않았다. 조금만 미웠다.

얼마 전에 그 할아버지가 세상을 떠났다는 얘기를 들었다. 길거리에 쓰러져 구급차에 실려 갔는데 집으로 돌아오지 못했다고 한다. 사람들은 기어이 사고가 날 줄 알았다고 혀를 찼다. 나는 귀신이 할아버지를 잡아가길 바랐던 마음이 들켰나 싶어 숨고 싶어졌다. 할머니한테도 죄를 지은 것 같아 그 집 앞을 지날 때마다 움츠러들었다.

단정하던 여사님은 할아버지에 '그만 잘 가셨소' 하며 후련해하고 있을까. 아니면 '이 사람도 예전에는 이렇지 않았다오. 살다 보니 가혹한 운명이 저이를 이렇게 만들었다오. 가여운 사람이 갔으니 이제 용서해 주오' 하며 동네 사람들에게 하소연하고 싶으실까. 한때는 듬직했던 남편의 녹슬어 버린 자전거를 당장 처분했을까, 좋았던 시절을 회상하며 조금 더 두기로 했을까. 그날 자전거를 타고 가던 두 사람의 모습이 오래 잊히지 않을 것 같다.

영화 속에서 여명의 자전거 뒷자리에 앉은 장만옥이 노래를 부른다.

"어디선가, 어디선가 당신을 본 것 같아요. 당신의 미소 이리도 친숙한데 도무지 생각이 안 나네. 아, 꿈속에서였네. 꿈에서, 꿈에서 본 사람이 바로 당신이었네."

'첨밀밀'은 '꿀처럼 달콤한'이라는 뜻이라고 한다.

잘 돌아오셨어요

한 곳에서 오래 일하다 보니 시간이 흐르는 것을 목격한다. 엄마 등에 업혀 있던 아기가 걷고, 유치원 가방을 메고 다니던 아이가 초등학생이 되었다. 교복을 입고 다니던 남학생이 군복을 입고 나타나기도 하고, 자주 들리던 어르신이 도통 보이지 않기도 한다. 어제와 오늘이 같은 것 같아도 시간은 흐르고 있었다.

판콜에이를 드시던 할머니가 병원에 입원했다는 이야기를 들었다. 어쩌면 할머니가 오랫동안 돌아오지 못할 수도 있겠다는 예감이 들었다. 할머니의 집 앞을 지날 때마다 할머니 생각이 났다. 평생 살아온 이 집이 그리울까 아니면 자식들의 돌봄을 받는 병원이 편할까. 할머니가 돌아온다면 이 짓궂은 질문을 꼭 해야겠다고 생각했다. 할머니는 못된 질문이라고 내게 눈을 흘길지도 모른다.

햇볕이 유난히 좋았던 퇴근길, 대문 앞에 앉아 있는 할머니를 보았다. 환영인가 싶어서 눈을 질끈 감았다 떴다. 할머니였다. 반가운 마음으로 다가갔다.

"고생하셨어요. 잘 돌아오셨어요."

할머니는 "고마워요"라고 말하며 천천히 웃었다. 눈빛이 분명하던 분이었는데 생의 반쯤은 덜어낸 듯 희미한 눈이 되었다. 그리고 다시 박카스 대신 판콜에이를 드셨다. 이제는 상자에 넣지도 말고 뚜껑만 따서 주머니에 넣어 달라고 했다. 손끝이 말을 안 듣는다고 했다.

영영 그 자리에 있을 것 같았던 할머니가 얼마 지나지 않아 하늘나라로 가셨다. 판콜에이를 볼 때마다, 그 집 앞을 지날 때마다 할머니 생각이 났다. 생수를 배달하러 들어가면 1층인데도 지하처럼 퀴퀴한 냄새가 나는 방이었다. 그 어두움과 냄새는 할머니의 외로운 시간이었을 것이다. 이제 그 집에는 다른 사람이 산다. 누가 사는지도 모른다. 창문에서는 커튼으로도 가려지지 않는 밝은 빛이 흘러나온다. 이제 이 방으로 생수나 도시락을 배달할 일도 없겠지.

아이들이 태어나 자라고, 청춘은 중년이 되고, 노인들은 사라진다. 시간은 누구에게나 똑같이 흐르고 붙잡을 수 없다. 매일 내 곁에 있는 이들이, 매일 보는 사람들이 내일에는 없을지도 모른다. 언젠가는 나도 사라지고 잊힌 이름이 될 것이다. 오늘 만나는 모든 이들에게 '다시 보게 되어 반갑네요'라고 말하고 싶다. 얼굴 본 지 오래된 누군가를 마주친다면 '잘 돌아오셨어요'라고 인사하고 싶다.

떠나는 임아

   <u>트로트</u> 가수 이찬원의 사진이 들어있는 '찬또 세트'가 출시되었다. 보자마자 이찬원을 좋아하던 여사님 생각이 났다. 언제쯤 오실까 했는데 그날 오후에 바로 왔다. 반가운 마음에 이찬원의 유튜브 채널 구독도 눌렀고, 신곡도 아주 좋더라고 재잘거렸더니 여사님이 기뻐했다. 여사님은 아들이 이찬원의 노래를 들으라고 CD 플레이어도 사주고, 그저께는 콘서트에도 다녀왔다고 자랑했다. 신이 나서 얘기하는 여사님이 귀여웠다. 어쩌면 소싯적에는 조용필이나 나훈아를 따라다니는 원조 오빠 부대가 아니었을까.

   "전에는 어떤 가수를 좋아했어요? 어쩌다가 이찬원에

빠지게 된 거예요?"

여사님이 내 쪽으로 한 걸음 다가왔다.

"평생 의지하고 살았던 친언니가 있었어요. 부모님이 일찍 돌아가셔서 유일한 혈육이었거든요. 둘이서만 여행을 다닐 정도로 사이가 각별했어요. 그런데 언니가 난소암에 걸린 거예요. 서울에서 언니가 사는 평택 집까지 언니 간호도 하고, 살림도 봐주러 일 년을 다녔어요. 그런데 나도 사람이다 보니 너무 지치는 거예요. 매일 기적을 바라며 기도했는데 이뤄지지 않으니까 언니도 밉고 이런 마음인 나 자신도 너무 미운 거예요. 어느 날 집으로 돌아오는 지하철에서 '하나님, 기적을 보여주지 않을 거면 언니를 빨리 데려가세요. 언니도 저도 너무 힘들어요'라고 기도했어요. 그날 밤에 언니가 위독하다는 전화가 와서 다시 내려갔어요. 언니의 눈은 이미 반쯤 넘어가 있었어요. "언니, 나 왔어. 이제 편히 가도록 해"라고 했더니 고개를 끄덕였어요. 분명히 봤어요. 언니는 내 손을 한번 꼬옥 쥐더니 눈을 감았어요. 언니는 나를 보고 가려고 기다렸던 거예요. 그때 깨달았어요. 일 년 동안 언니가 버틴 게 기적이었다는 것을요.

언니를 보내고 너무 힘들더라고요. 뭘 해도 언니 생각이 나고 내가 괜히 그런 기도를 해서 언니가 하늘로 갔나 하는 자책이 들었어요. 그러다 어느 날 텔레비전에서 나오는 노래가 귀에 들리는 거예요. <떠나는 임아>라는 노래였는데 어떤 가수가 아주 구슬프게 부르더라고요. 그 노래를 들으면서 한참 울었더니 마음이 좀 시원해졌어요. 아들에게 이 가수가 누구인지 알아봐 달라고 해서 몇 날 며칠을 이 노래만 들었어요. 처음엔 노래만 들리다가, 점점 이 노래를 부른 이찬원에게 빠지게 된 거예요."

여사님의 눈에는 눈물이 그렁그렁했고, 나도 흐르는 눈물을 닦았다.

사랑한다는 것은 무엇일까. 평생을 의지하고, 내 일 년을 쏟아 부어도 일어나지 않는 한 사람을 지켜보는 것은 어떤 마음일까. 또 나를 알지 못하는 어떤 이에게 마음을 쏟는 일은 무엇일까. 사랑보다 미움이 큰 나는, 헌신보다 내 이익이 중요한 나는, 여사님을 연예인 따라다니는 팔자 좋은 사람이라고 우습게 여긴 나는, 너무 부끄러워져서 편의점을 나서는 여사님의 뒷모습을 오랫동안 바라보았다.

인생은 아이러니

졸업식과 밸런타인데이가 같은 날이라는 건 말이 안 된다. 헤어지는 날과 고백하는 날이 같다니, 고백에 대한 답을 듣기도 전에 너는 남고로 나는 여고로 헤어지다니, 고약한 날짜라고 생각했다. 요새 아이들은 'SNS나 스마트폰이 있잖아요'라고 할지도 모르겠다. 나의 중학교 졸업식날은 핸드폰은커녕 삐삐도 없던 시절이었다('말괄량이 삐삐'아니고 호출기. 아, 말괄량이 삐삐도 호출기도 모르려나).

편의점에도 졸업식과 밸런타인데이를 대비한 꽃다발이 들어왔다. 비누꽃 사이에 초콜릿이 들어 있다. 인근에 중학교가 있어서 졸업식 날 아침에 제법 팔린다. 요즘에도 어깨동무하고 사진 찍으며 '우리 잊지 말자'라거나 '고등학교 가도 꼭 연락하자'라고 약속할까. 아직도 공일오비의 <이젠 안녕>을 부르며 눈물을 흘리는지 궁금하다.

중학교 졸업식 날 찍은 사진이 어디 있더라. 아마 장롱위 추억 상자에 몇 장쯤 있을 것이다. 굳이 사진을 꺼내지 않아도 단짝 '진'의 모습이 생생하다. 집 전화 요금이 많이 나온다고 등짝을 맞던 때라 그 시절의 소녀들은 엽서와 편지를 애용했다. 진과 나는 매일 만나면서도 밤이면 열기가 솟아올라 그 마음을 종이 위에 꾹꾹 눌러 쓰곤 했다.

진은 상고로 진학하기로 했다. 나는 공부를 (그때는) 좀 해서 인문계에 가기로 했는데 '난 대학생이 될 거야'라고 뻐기는 마음이 있었다. 그저 그런 대학에 갈 줄 알았다면, 4년 등록금이 아깝게 아무 상관 없는 회사에 바보 같은 꼴로 다닐 줄 알았다면, 이렇게 아르바이트만 십 년 넘게 할 줄 알았다면, 친구처럼 일찍 취업할 걸 그랬다(취업은 쉽고?). 진의 퇴근 시간에 맞춰 회사 앞으로 밥이랑 술을 얻어먹으러 가곤 했다. 정장에 하이힐을 신고 목에 회사 명찰을 건 친구는 유능해 보였다. 돈 냄새, 사회인 냄새

나는 친구가 진짜 어른 같았고, 나는 스무 살이 넘도록 오래 무능해 보였다.

　진은 살뜰히 모은 돈으로 일본 유학을 다녀왔다. 돈을 모아 다시 떠나려고 했는데 오랜만에 나간 동창회에서 남자를 만나는 바람에 유학의 꿈을 접었다(아이러브스쿨이 여럿 망쳤…). 중학생 때 서로 앙숙처럼 지냈는데 술집 문을 열고 들어오는 그 애한테서 후광이 보였다고 했다. 친구들은 네가 아깝다고 다시 생각해보라고 했지만, 사랑에 빠지는 건 어쩔 수 없었다. 그 둘이 결혼할 줄이야, 인생은 진짜 모를 일이었다.

　그 후에 진이 분양받아 이사했다는 아파트 구경을 갔다. 지하철과 버스를 오래 타고 도착한 허허벌판에 아파트가 있었다. 아파트는 좋았지만, 마트도 사람도 아무것도 없어서 깡촌에 사는 친구가 안 됐다고 생각했다. 진은 여기가 정말 비싼 동네가 될 거라고 무리해서라도 집을 사거나 이 동네에 부지런히 청약을 넣으라고 했다. 나는 알겠다고 대답은 했지만, 버스를 타고 굽이굽이 돌아 봉천동으로 돌아오면서 '역시 우리 동네가 최고야'라고 생각했다. 나중에 그 동네가 판교라는 걸 알았다.

중학교 때를 생각하면 떠오르는 남자애가 있다. 내가 좋아했던 수많은 남학생 말고, 나를 좋아했던 단 한 명의 남자애였다. 나는 그 애가 얼굴이 허옇고 덩치가 커서 싫었다. 잘생긴 남자는 날 안 좋아하고 왜 이런 스타일만 꼬이는지, 그 애가 나를 좋아하는 게 달갑지 않았다. 그래도 이 남자애 덕분에 '나도 인기가 좀 있었잖니' 하는 여자들의 공갈빵 같은 대화에 낄 수 있었다. 내가 좋아했던 남자애들 이름은 까먹었어도 그 친구의 이름은 잊을 수 없었다.

한 남자가 편의점에 들어왔다. 보자마자 딱 알아봤다. 중학교 때 나를 좋아했던 그 친구였다. 너무 반가워서 "어우, 야아!" 하고 소리쳤는데 금세 부끄러워졌다. 친구는 늘씬한 중년 아저씨가 되었는데 나는 두꺼운 아줌마가 되어 있었다. 출장 가다 지나는 길에 담배를 사러 들어왔다고 했다. 우리는 안부를 묻고 연락처를 주고받았다. 전화번호를 저장했더니 카톡 프로필에 그 친구의 가족사진이 떴다. 특히 첫째는 그 시절의 친구 모습과 판박이였다. 지금 보니 귀엽기만 한데 왜 그렇게 싫어했는지 모르겠다. 혹시 내가 모질게 굴었던 것을 아직도 기억하고 있으려나, 미안했다.

한편으로는 이 친구가 그 옛날 나를 좋아했던 감정이 올라와서 자꾸 이리로 찾아오면 어떡하지(응?), 오래 좋아했던 여자애가 이제 어디에 있는지도 알았으니 보고 싶으면 오면 되는 거 아닌가. 불편하고 불필요한 일들이 생길까 걱정도 되었다.

하지만 그 친구는 내게 말 한 번 걸지 않았다. 추석 인사, 설 인사, 성탄절 인사, 석가탄신일 인사, 단오 인사도 한 번을 안 했다. 그간 어떻게 살아왔니, 남편은 잘해주니, 궁금하지도 않은가. 어떻게 만나서 반가웠다는 인사도 한마디 없을까. 이제는 가끔 내가 그 애의 프로필을 들여다본다. '가족 여행을 갔구나', '다정한 아빠가 되었구나'. 그 애에게 점점 더 고마운 감정이 든다. 나를 좋아했던 친구가 잘 커서 멋있게 늙어가고 있는 모습에 내 마음이 좋다.

그런데 나는 친구에게 실망감을 줘서 어떡하지. 공부 좀 한다고 사람 깔보고 다녔던 새침한 여자애가 두툼한 편의점 아줌마가 되어 어린 시절 첫사랑의 추억을 와장창 깨고 말았으니 미안해서 어쩌나. 그때 반가운 마음에 활짝 웃었는데 벌어진 잇새에 과자가 껴있지는 않았나, 앞머리가 훤하고 흰머리가 지저분하게 무성했는데 어쩌지, 평소에 좀 꾸미고 다닐걸. 그렇게 싫어했으면서 예쁘게 보이고 싶은 마음은 또 뭔지.

아, 인생은 아이러니다. 싫다가도 좋고, 좋다가도 싫고, 잘난 줄 알았는데 멍청이였고, 미워하는 줄 알았는데 그리워하고 있었다. 언제쯤 후회 없이 정답만을 적는 인생을 살 수 있을까. 중학교 졸업한 지 삼십 년이 흘렀는데도 풀지 못한 숙제다.

단순한 즐거움

코로나 진단키트를 포장했다(진단키트가 편의점에서 최초 판매될 때는 벌크 포장으로 입고되어 매장에서 각기 포장하도록 했었다). 지난주에는 사흘에 걸쳐 이백 개를 포장했는데 오늘은 하루에만 백이십 개를 포장했다. 처음 할 때는 손에 익지 않아 오래 걸렸다. 상자에 20개씩 벌크로 들어가 있는 다섯 가지 도구를 분리해서 포장 비닐 안에 넣어 한 세트를 만들었다. 처음에는 빼먹는 것이 없도록 입으로 번호를 매겨가며 했지만, 나중에는 손이 저절로 하는 지경에 이르렀다. 어떤 점포의 알바는 이 일을 하기 싫다고 해서 점주가 다 했다는데, 나는 단순한 일이 좋아서 옆 가게 것까지 가져오라고 말하고 싶었다.

회사 다닐 때도 남들이 꺼리는 복사 같은 일을 도맡아
했다. 지금이야 양면 복사도 자동이고 바로 제본할 수 있
도록 정리해서 나온다는데 그때는 단순 복사 기능만 있었
다. 대리님이 복사기 앞에서 한숨을 쉬고 있으면 슬며시
다가가 "제가 좀 할까요?"라고 말하곤 했다. 대리님은 나
의 말에 환하게 반색하며 조금은 미안한 듯 서류 뭉치들
을 건네주었다. 기계는 내 머리를 아프게 하지 않았다. 무
슨 의도로 저런 말을 하는지, 저런 표정일 때 나는 어떻게
해야 하는지 눈치를 보거나 머리를 굴리지 않아도 되었다.
복사기는 내가 누르는 대로 빛을 발사해 종이의 검은 글
자들을 똑같이 찍어 냈다. 그 빛들에 눈뽕을 맞아가며 종
이랑 춤을 추고 있으면 무아지경에 빠지는 것 같았다(복
사 가게에 취직할 걸 그랬다).

지금껏 해본 일 중에 최고로 단순한 일은 '큐빅 알박기'
였다. 반장 언니의 작업방에서 일감을 가져와 남대문에
납품하는 액세서리를 만드는 일이었다. 목걸이, 귀걸이,
팔찌에 지름이 1밀리도 안 되는 큐빅을 붙였다. 내가 주

로 만든 액세서리는 손바닥 반만 한 크기의 펜던트에 빨 갛고 파란 큰 알과 나머지는 작은 큐빅으로 채워지는, 부담스러워서 줘도 안 가질 목걸이였다. 예쁘기는 하지만 크고 무거워서 대체 누가 이런 걸 목에 걸고 다니는지 궁금했다. 반장 언니에게 물었더니 주로 러시아나 터키(튀르키예), 동유럽에도 수출된다고 했다. 아, 터키! 나는 눈이 깊고, 피부가 거무스름하고, 가슴과 뱃살이 통통하게 오른 벨리댄스 무희들을 떠올렸다. 그들의 화려한 액세서리를 내가 만드는 거였구나! 신비한 터키 음악을 틀어놓고 큐빅을 붙이고 있으면 기분이 묘해졌다(무희가 '나를 위해 더 아름다운 목걸이를 만들어줘요'라고 속삭이며 내 앞에서 춤을 추는 것 같았다).

나는 이런 단순한 작업이 마음에 들었다. 반짝이는 큐빅과 목걸이를 펼쳐 놓고 도안대로 붙이고 있으면 머리가 비워졌다. 누구랑 말할 필요도 없고 생각할 필요도 없었다. 그러나(항상 '그러나'가 중요하다) 이 일은 너무나 비생산적이었다. 끝이 야들야들한 대나무 꼬챙이에 본드를 칠해 큐빅을 붙이는 일은, 정말이지 돈이 안 됐다. 지름 1밀리의 작은 큐빅 하나를 붙이면 초짜한테는 1원을 주었다. 경력이 쌓이면 1.2원, 1.5원으로 올려준다는데 반장 언니는 좀처럼 아무 말도 하지 않았다. 손이 빠른 나도 아무리 해 봤자 시간당 천 원밖에 벌지 못했다. 어느 날, 부업을 같이 시작한 친구들과 모여 일을 했다. 수다를 떨면서 작업을 하다가 짜장면을 배달시켜서 먹었다. 세 그릇에 만 원 정도였는데 그날 우리가 모두 일한 값은 팔천 원도 되지 않았다. 진짜 허탈했다. 그리고 누군가가 알려 줬다. 작업반장 언니는 한 알을 10원에 가져오는데 우리한테 1원에 시키는 거라고.

만약 큐빅 붙이는 일이 최저시급의 반만 됐어도 그 일을 계속했을 것이다. 내가 만든 액세서리가 형제의 나라 무희의 목에 걸린다고 생각하면 흥분되기도 했다(응?). 어쩌면 생활의 달인에 '봉천동 액세서리의 달인'으로 출연했을지도 모른다. 나는 원래 일찍 자서 일찍 일어나는 건데 '새벽부터 홀로 일어나 작업을 시작하는 달인'이라는 성우의 얄궂은 목소리가 나오고 '애들 간식비라도 벌어보려고 시작했죠. 목 디스크와 척추측만증을 얻었지만, K-뷰티를 수출한다고 생각하면 뿌듯합니다'라고 인터뷰를 했을지도 모른다.

코로나 진단키트를 예쁘게 포장하려고 노력했다. 사는 사람은 포장 안의 도구들이 누워 있든 뒤집어 있든 신경도 안 쓰겠지만 이왕이면 예쁘게 넣고 싶었다. 삐뚤어지는 복사가 없게 각을 잘 맞추도록 노력했고, 남자 직원에게 커피를 타서 주는 건 마음에 안 들었지만 그래도 내가 타는 커피가 제일 맛있었으면 했다. 목걸이를 만들 때도 큐빅이 접착제 자국으로 얼룩지지 않게, 영원히 떨어지지 않도록 잘 붙이고 싶었다. 진단키트도 내가 포장한 걸로 검사한 사람은 모두 음성이 나오길 바랐다. 간단한 일이었지만 하찮다고 생각하지는 않았다. 단순한 즐거움에 정성스러운 마음을 담았으니까.

덧붙여서

액세서리 부업하느라 바빠서 집안 살림을 못 했다(응?).
"이거 하면 얼마 벌어?"
할 말이 많지만 참고 있는 듯한 얼굴의 남편이 물었다.
"집중해서 하면 한 시간에 천 원 정도?"
"내가 이천 원 줄 테니까 집안일 하지 않을래?"

나는 불쾌해졌다.

"지금 내 일을 무시하는 거야? 그리고 지금 청소나 밥같은 복잡하고 힘든 노동을 이천 원에 시키려고 하는 거야? 여성의 가사 노동을 아주 우습게 보는구나."

우리는 이상한 일로 싸울 뻔했다.

일상의 선생님들

비가 많이 오는 날은 편의점 문 앞에 종이 박스를 깔아 둔다. 종이 박스에 신발의 물기를 좀 닦고 들어오면 바닥도 깨끗하고 덜 미끄럽다. 어느 손님은 별생각 없이, 혹은 잃어버릴까 봐 빗물이 줄줄 흐르는 우산을 매장 안으로 갖고 들어온다. 편의점이 집 안은 아니지만 그래도 실내인데, 그런 배려가 없는 것은 좀 아쉽기도 하다. 그러나 일부러 그러는 게 아니라는 건 안다. "밖에 있는 우산 통에 꽂아주시겠어요?"라고 말하면 대부분 "아!" 하며 뒤돌기 때문이다.

어느 아저씨 손님이 박스 위에서 발을 팍팍 굴러 물기를 닦았다. 저 아저씨는 택시를 탈 때도 신발의 흙을 털고 타는 매너남일 것이다. 식당에서도 코 풀거나 입 닦은 휴지를 빈 그릇에 올려놓지는 않을 것 같다.

밖에서 새의 날개가 펄럭이는 소리가 났다. 어느 여자 손님이 우산을 접었다 폈다가 하면서 물기를 털어내고 있었다. 그런 뒤 우산을 가지런히 말더니 우산 통에 꽂아두고 들어왔다. 이 손님은 조금 더 신선한 상품을 고르겠다고 물건을 헤쳐놓지 않을 것이다(나는 눈을 희번덕거리며 제일 아래에 있는 상추를 골라 와서는 비닐봉지에 물이 생길 때까지 방치하는 특기가 있다).

할아버지 손님이 마스크를 깜박했다며 입을 아예 틀어막고 들어왔다. 나는 괜찮다고, 잠깐 뭐 사는 동안은 마스크를 안 써도 된다고 했다. 할아버지는 "그래도…." 숨이나 쉬어질까 싶게 입을 막았다. 이 할아버지는 며느리 집에 아무 때고 벨을 누르지 않을 것 같다.

어느 아저씨 손님이 담배를 달라고 하며 주머니에서 구겨진 지폐를 꺼냈다. 또 뭐 대충 던지겠지 했는데 "미안해요" 하더니 일일이 반듯하게 펴서 주었다.

작은 습관에서 그 사람이 보인다. 문의 손잡이를 동시에 잡았을 때 안의 사람이 먼저 나가도록 양보하는 사람, 뒤따라 나오는 사람이 부딪히지 않게 문을 붙잡고 있는 사람, 담배만 하나 사러 와서 금방 나가더라도 편의점 문을 막지 않게 주차하는 사람을 보면 기분이 좋아진다. 앞사람의 계산이 늦어진다고 발을 까딱거리거나, 바쁘니 먼저 계산하겠다고 앞으로 비집고 들어오는 사람을 보면 한숨이 나온다.

누가 칭찬하거나 알아주지 않더라도 배려가 넘치고 행동이 가지런한 사람들이 있다(양심 냉장고를 타는 사람들). 나는 어떤 사람일까(버스의 빈자리로 돌진하고, 제일 안쪽에 있는 우유를 꺼내겠다고 뒤적이고, 앞사람이 열어준 문을 날름 통과해 버린 일들이 생각나지만, 모르는 척하고 싶다). 외모와 다르게 행동은 되게 괜찮네, 라는 소리를 듣는 사람일까. 역시 생긴 대로 노네, 라고 욕먹는 쪽일까. 얼굴과 몸매는 글렀어도 아니, 얼굴과 몸매처럼 후덕하고 복스러운 행동을 하는 사람이 되어야겠다고, 오늘 만난 일상의 선생님들을 보며 다짐했다.

꽤 괜찮은 직업

  편의점에서 일하다 보니 유통기한에 무척 예민해졌다. 유통기한이 지난 상품을 일부러 파는 점포는 없지만 수백 가지의 물건이 있다 보니 미처 확인을 못 할 때가 있다. 손님의 대부분은 이해해 주며 환불하거나 다른 상품으로 교환해 가지만, 실은 과태료를 맞거나 영업정지를 받을 정도로 중요한 문제다. 나는 우리 편의점에서는 물론 다른 마트에 가서도 유통기한을 보는 습관이 생겼다. 날짜가 지난 상품을 발견하면 오랫동안 풀지 못한 퍼즐 게임의 답을 찾은 것처럼 짜릿하다.

  또 다른 가게는 진열을 어떻게 하나 유심히 보게 되고,

손님이 다른 칸에 욱여넣은 물건이 있으면 제자리에 꽂아 둔다. 우연히 들어간 편의점에 마침 물류가 도착해 물건을 내려놓고 가면 내 발이 동동거린다. 저 아이스크림 녹는 데, 저 냉동식품 얼른 냉동고에 넣어야 하는데 하며 애가 탄다. 식당에 가서도 왠지 손님보다는 종업원의 입장이 된 다. 종업원들이 내 동료라고 생각하니 여기요, 저기요 함 부로 부를 수가 없고, 동료가 내가 먹은 밥상을 치운다고 생각하니 깨끗하게 먹게 된다.

편의점에서는 꼭 해야만 하는 멘트가 있다. '어서 오세 요' 하는 인사와 '할인이나 적립카드 있으세요?', '감사합 니다. 또 오세요'라는 말도 잊지 않아야 한다. 어느 날 버 스에 올라타면서 나도 모르게 기사님에게 "어서 오세요" 라고 말해 버렸다. 기사님도 손님에게 인사하려던 참이었 는데 내가 먼저 선빵을 날려서 당황한 듯 눈빛이 마구 떨 렸다. 또 한 번은 식당에 앉아 있는데 내 등 뒤로 문이 열 리며 '딸랑'하는 종소리가 들렸다. 또 나도 모르게 "어서 오세요"라고 말해 버렸다(이놈의 노비 인생). 마주 앉아 있던 친구가 눈이 동그래지더니 허리가 꺾이도록 웃어 젖 혔다. 주문받으러 일어나지 않은 게 다행이었다.

특히 감사하다는 인사를 제일 많이 한다. 어느 날 문득 '손님에게 진짜 감사한가?'라는 의문이 들었다. 뻔한 답이지만 고마운 일들이 많다. 조금만 더 걸어가면 훨씬 싼 마트가 있는데 우리 편의점에서 물건을 사는 손님들이 고맙고(그러니 내가 여기서 일을 할 수 있고), 장바구니에서 맛보라며 귤을 하나 꺼내놓고 가는 손님이 있으면 그게 또 고맙고, "아줌마한테 인사하고 가야지" 하면서 아이에게 인사를 시키는 엄마도 고맙다. '고생하세요'라는 말은 안 좋아하지만(고생하기 싫어), 수고를 알아주는 인사도 좋고 '새해 복 많이 받으세요'라고 먼저 날아온 덕담은 감동이었다. 나를 그저 편의점에 부속품처럼 있는 판매원이 아니라 사람으로 대해줄 때 특히 고마웠다. 내가 이들에게 해줄 수 있는 일은 그저 한 번 더 인사를 하는 것이었다.

"감사합니다."

물건의 쓰임과 자리를 알게 되고, 일하는 사람들의 수고를 고마워하게 되고, 운을 불러 모은다는 '감사합니다'라는 말을 많이 하는 것이 직업병이라면 편의점 아르바이트도 꽤 괜찮은 일이 아닐까(라고 가끔 생각한다).

실패도 아픔도 경력이 된다

레스토랑 사장님이 파스타 맛이 어땠냐고 물었다. 나는 아무거나 잘 먹고 엔간해서는 내 요리보다 맛없는 음식은 없기에 맛의 허들이 낮을 것 같지만, 의외로 높다(응?). 밑바닥의 맛(주로 내 음식)까지 알기에 미각이 까다롭다(뭔소리야). 이 식당의 파스타는 맛있었다. 소스의 맛도 깊고, 면의 식감도 부드러우면서 탱탱했다. "진짜 맛있다. 이태리 파스타 장인을 주방에 가둬 놓은 거 아니냐"라고 너스레를 떨었다. 사장님은 매우 뿌듯한 얼굴로 양식 경력만 십 년이 넘는다고 했다. '와우, 십 년이라니!' 하고 감탄하다가 '내가 편의점 알바를 언제부터 했더라' 하고 헤아려

보니 십 년이 넘었다는 걸 알았다.

'어휴, 뭐 이딴 걸 십 년이나 하고 있대.' 처음에 든 생각이었다.

솔직히 자랑스럽지는 않다. 처음에 남편은 어디 가서 내가 편의점 아르바이트한다는 얘기도 안 했다(그때는 '내가 부끄럽나' 하고 생각했는데 지금 생각해 봐도 역시나 그런 것 같다). 명절에 만나는 친척들도 이제는 가게를 차려야 하지 않냐고 했다. 사실 나도 남의집살이 그만하고 창업해야 하나 고민한 적도 있다. 그러나 역시 아르바이트가 마음이 편하다. 정해진 시간만큼 일하고 퇴근하는 지금이 딱 좋다. 하루 여덟 시간 매여 있는 것도 싫은데, 24시간 신경을 써야 하는 경영을 한다고? 노땡큐다(내가 이래서 부자가 못 되나).

아르바이트가 금방 그만두거나 결근하는 일, 물건과 담배가 없어지고 금고의 돈이 조금씩 차이 나는 일, 냉장고가 고장 나고 이상한 손님의 까칠한 항의가 들어오는 일, 자기 집 쓰레기를 편의점에 버리거나 물건을 헤집어놓고 가는 사람을 난 견딜 수 없을 것 같다. 내 가게라면 반말하고 돈 던지는 예의를 모르는 인간을 문전 박대할 것이다. 그리고 나같이 예민하고 의심 많은 사람의 가게에서 아르바이트할 친구들을 생각하면(내가 얼마나 괴롭힐까, 아마 지금 나처럼 근무시간에 핸드폰 보는 일을 용납하지 않을 것이다) 나 같은 사람은 편의점을 하면 안 된다. 결정적으로 내 꿈은 편의점 점주가 아니라 온실 속의 화초다. '아니, 이게 무슨 구시대적 발상이야?' 하고 깜짝 놀라겠지만 사실이다. 놀고먹는 한량이 되고 싶은데 남편이 좀처럼 기회를 주지 않는다(사실 남편의 꿈도 처가 덕을 보는 백수였다는데, 둘 다 고아나 마찬가지이니 이번 생은 글렀다. 미안해, 여보).

편의점 아르바이트 경력 십 년. 허무했다. 내 가게가 있는 것도 아니고, 두둑한 통장도 없다. 스카우트 될 정도로 일을 잘하지도 못하고, 연차가 높다고 최저시급보다 십 원을 더 받는 것도 아니다. 남편은 내게 세븐일레븐, 씨유, 지에스25에서 일해 봤으니 미니스톱, 이마트24까지 도전해서 그랜드슬램을 달성하면 허무함이 사라질 거라고 했다(확 그냥!).

좋은 점이 하나도 없는 일은 없는 거라며 나의 십 년을 되짚어 본다. 편의점에서 일해서 좋았던 점은… 아, 허니버터칩을 사서 나누고(웃돈 얹어 팔았어야 했다. 이렇게 장사 수완이 없다), 마스크 파동 때 한두 장이라도 사서 지인들에게 보낼 수 있어서 좋았다. 사실 이런 것은 부스러기에 불과하다. 내 안에 대화를 갈구하는 엄청난 수다쟁이가 있다는 걸 알게 된 것이 가장 큰 수확이다. 나는 내가 사람을 싫어하는 줄 알았다. 혼자여서 몰랐을 뿐, 늘 이야기를 그리워하고 있었다. 누가 내게 친절을 베풀면 그게 누구든 간에 사랑에 빠졌고(응?) 건수만 있으면 붙잡고 늘어져 이야기하는 사람이 되었다(편의점 아줌마를 조심해!). 손님들과 짧은 몇 마디를 나눌 뿐이었지만 많은 영감을 얻었다. '수다 총량의 법칙'이라고 어릴 때 했던 묵언 수행을 보상받듯 헤비토커로 변신하고 말았다. 아무것도 남지 않은 건 아니었다. 게다가 그 이야기들로 책을 내게 되었으니 그 무엇보다 더 값진 것을 얻었다.

경력이란 성공한 경험만을 말하는 것이겠지 했는데 사전을 찾아보니 '겪어 지내 온 여러 가지 일'이다. 성공뿐 아니라 실패도 경력이었다. 경력이 이런 뜻이라면, 내 이력서에 있는 슬픔, 좌절, 실패도 명찰을 달고 사람들 앞에 나설 수 있지 않을까. 성공의 경험은 없지만, 실패의 경력자로 위로가 필요한 사람에게 이야기를 건넬 수 있지 않을까. 애처로운 희망을 품으며 또다시 설레기 시작했다.

　세상에 아무것도 아닌 일은 없다. 실패도 아픔도 경력이 된다.

잘 가세요, 잘 사세요

지난주에 편의점 위층에 살던 새댁이 이사 갔다. 둘째 임신으로 배불러 있을 때 처음 봤는데 그 아이가 태어나 지금은 제 발로 아장아장 걷고 있다. 따로 만나는 사이는 아니었지만 삼 년을 넘게 봤던지라 서운한 마음이 들었다. 제주도로 간다고 했다.

"제주도라 부러워요, 새댁은 좋겠어요."

"휴가 때 제주도 우리 집으로 놀러 오세요."

말만으로도 고마웠다. 새댁은 이사 당일 두 번, 세 번 인사하고 갔다. "잘 가세요, 잘 사세요." 나도 여러 번 인사했다. 코끝이 찡했다.

출근길에 보니 편의점 근처에 이삿짐 트럭이 와 있었다. '나 이 빌라에 좋아하는 아기 엄마 있는데. 아니겠지, 다른 사람의 이사겠지' 하고 바랐다. 그 바람이 무색하게 아기 엄마가 편의점 문을 열고 들어왔다. 나는 이별을 결심한 애인을 둔 사람처럼 "오늘 쉬는 날이에요? 출근 안 하세요?" 하고 딴소리만 물었다. 아기 엄마는 음료를 여러 개 골라오더니 결국 이별을 통보했다.

"저 이사 가요. 인사하러 왔어요."

그 집 둘째 꼬맹이를 예뻐했다. 분홍원피스 입고 유치원 가고, 책가방 메고 학교 가는 것도 봤는데. 아기 땐 이모라고 부르며 안기다가 초딩 됐다고 나를 못 본 체해도 하나도 안 서운했는데. 이제 그 모습을 못 보게 되다니 급한 마음에 손에 잡히는 초콜릿과 젤리를 집어 아이들 주라고 건넸다.

"그동안 감사했습니다."

아기 엄마가 고개를 깊이 숙여 인사하는 바람에 눈물이 났다.

"잘 가세요, 잘 사세요."

나도 허리 굽혀 인사했다.

친분이 있고 사적인 교류가 있어야만 정이 드는 줄 알았다. 나는 그냥 동네 편의점에서 일하는 아줌마고, 마주치면 눈인사나 하는 정도의 사이라고 생각했다. 그러나 오랜 시간 그 골목에 같이 머물렀다는 것만으로도 정이 드는 건 미처 몰랐다. "학교 가니", "안녕하셨어요" 인사만으로도 서로에게 마음을 주고 있었다.

큰 이삿짐 트럭이 출발하고 뒤이어 아기 엄마네 차가 출발했다. 손을 흔들었다. 작은 이별마저 크게 아쉬워지는 나이가 된 것일까. 아기 엄마가 주고 간 캔커피를 들고 멍하니 서 있었다. "잘생긴 사람이라도 있어요? 뭘 그리 쳐다보고 있어요?" 어느새 다가온 옆 카페 사장님이 아는 체를 했다. 그 손에도 커피가 들려 있었다. "언니도 이렇게 정 주다가 어느 날 갑자기 훌쩍 떠날 거예요?" 나의 뜬금없는 질문에 카페 사장 언니는 무슨 얘기냐는 듯 눈을 동그랗게 떴다. 그때 손에 들린 핸드폰에서 알람이 울리자 "앗, 손님 왔다" 하고 뛰어갔다. '아니오. 저는 안 떠나요'라는 말이라도 들었다면 눈물이 팍, 하고 터졌을 것이다. 주책을 들키지 않아 다행이었다.

나비가 되었네요

부고를 들었다. 이름도 나이도 모르고 그저 편의점 옆 '미용실 언니'로 불렀던 이다. 삼 년 정도 이웃으로 살았으니 짧은 세월은 아니다. 미용실 언니는 내가 가보지 못한 아래 지방으로 이사한다고 했다. 친정 곁으로 가는 거라고 했다. 미용실 언니의 단짝이던 아기 엄마에게 "허전해서 어떡해요"라고 했더니 "저보다 엄마가 좋은가 보죠"라고 했다. 웃고 있었지만 서운해 보였다.

어제 퇴근길에 그 아기 엄마와 마주쳤다. 오랜만이었다. 아기 엄마는 직장을 구해 바쁘게 지낸다면서, 미용실 언니가 하늘나라에 갔다는 소식을 전해주었다. 우리는 그 미용실이 있던 골목 끝에서 손을 잡고 울었다. 나는 흐느끼는 아기 엄마의 어깨를 토닥여 주었다.

미용실 언니는 빨강머리 앤처럼 팔 벌리고 뛰는 걸 좋아했다. 바람에 벚꽃잎이 꽃비처럼 내리면 그 아래를 두 팔 벌리고 뛰었다. 미용사 앞치마가 펄럭였다. 절친인 아기 엄마는 부끄러워하면서도 같이 뛰며 웃었다. 가을에는 낙엽비 아래를, 겨울에는 눈 아래를 둘이 같이 팔 벌려 뛰었다. 앤과 다이애나 같은 두 사람의 낭만적인 모습이 예뻤고 부러웠다.

미용실 언니는 얇게 저며 무친 오이를 밥에 맛있게 비비는 사람이었다. 밥을 비빈 날이면 종이컵에 꼭꼭 눌러 담아 편의점에 가져왔다. 라면과 인스턴트가 가득한 편의점에서 먹는 비빔밥은 정말 맛있었다. 비가 와서 한가한 날에는 미용실 한구석에 부루스타를 놓고 부침개를 부쳤다. 미용실 언니가 편의점에서 부침가루를 사 가면 그때부터 내 침샘이 요동쳤다. 밀가루 반죽에 드문드문 부추 가닥이나 채 썬 당근이 올려져 있는 촌스러운 모양이었다. 하지만 미용실 언니가 부침개를 키친타월에 올려 가져오면서 "뜨거워요, 아 뜨거워" 할 때가 제일 좋았다.

설핏 잠든 꿈에 미용실 언니가 예전 모습 그대로 나타났다. 영화 <가위손>의 위노나 라이더를 쏙 빼닮은 모습이었다. 안 본 사이에 갈색 머리가 더 길어 있었다.

'언니를 생각했더니 꿈에 와주었군요. 잘 지내 보여 좋아요.'

말을 건넸지만 들리지 않는 듯했다. 미용실 언니는 나풀나풀 갈색 머리가 휘날리도록 팔을 벌려 춤을 추었다. 가만 보니 굽이 두꺼운 슬리퍼 대신 하얀 구두를, 미용사 앞치마도 두르지 않은 노란 원피스 차림이었다. '언니, 이제 미용사는 안 하기로 한 거예요?' 미용실 언니는 보란 듯이 뱅그르르 돌아 치마를 동그랗게 만들었다. 하얀 레이스가 달린 노란 나비 같았다.

"언니, 나비가 되었네요."

당신이 꿈꿔왔던 삶인가요

나는 몇 해 살아오진 않았지만(응?), 그 어느 때보다 지금이 만족스럽다. 행복하지 않았던 어린 시절은 차치하고서라도 감히 어제보다 오늘이 낫다고 말한다. 크게 봐서는 전쟁이 없는 나라에 살고 있고, 작게는 비가 안 새는 집에(비가 새는 전셋집에도 살아 봤고, 칼바람이 벽을 뚫고 들어오는 월세 집에도 살아 봤다), 따뜻한 물도 펑펑 나오고, 여름이면 에어컨으로 겨울에는 보일러로 시원하고 따뜻하니 사우디 왕세자 빈 살만의 삶이랑 뭐가 다를까 싶다(많이 달라). 남편은 성실히 회사 다니고 아이들도 건전하게 자라고 있으며 나도 건강한 몸으로 일하고 있으니 이보다 더 좋을 수는 없다.

　하지만 흘러넘치던 감사의 마음도 바닥을 드러내 가뭄을 보일 때가 있다. 주로 일이 많아 피곤하거나 돈이 떨어졌을 때 그렇다. 아침마다 벌겋게 된 눈으로 출근하는 남편도 안쓰럽고 나는 언제까지 이 일을 해야 하나, 아이들도 자라서 돈을 벌기 위해 시간을 죽이는 삶을 살겠지, 라는 생각이 들면 끝도 없이 우울해진다. 이럴 때 가끔 그들의 말이 생각난다.

　"지금 생활에 만족하시나요? 지금이 당신이 꿈꿔왔던 삶인가요?"

　인상을 찌푸리고 오는 손님도 싫지만, 만면에 웃음을 장착하고 들어오는 손님도 긴장의 대상이다. 그들이 그랬다. 적을 때는 남자 두 명, 많을 때는 노인과 아기 엄마, 아가씨, 아이들이 있을 때도 있었다. 오로지 '종교의 전파'를 위해서만 왔다면 '이곳에서 영업하면 안 됩니다'라고 말할 텐데 엄연히 손님이라 인사하며 맞이할 수밖에 없다. 주로 노인들은 뜨거운 차를, 아가씨들은 주스나 우유를 카운터에 가져왔다. 물건은 다 골랐으나 계산은 누가 할 것인가, 뭔가 서로 주저하는 분위기다. 이때 대장인 듯한 아저씨가 "당연히 계산은 제가 합니다. 돈 내지 마세요" 하면서 뒤늦게 계산대로 온다(에이 아닌데, 누가 해주길 기다린 거 같은데).

그들은 이제 나에게 말을 걸기 시작한다.

"진짜 인상이 좋으세요." (어딜 봐서요)

"믿음은 있으세요?" (비듬만 있어요)

제발 다른 손님이 들어와 줬으면, 얼른 이 대화가 끊겼으면 하는데 꼭 이럴 때는 손님도 안 들어온다.

"이 일은 오래 하셨나요?"

"네."

"힘들지 않으세요?"

"힘들죠. 안 힘든 일이 어디에 있나요."

"힘들게 살라고 창조주가 인간을 만든 게 아니거든요. 왜 이렇게 삶이 힘들다고 생각하세요?"

"먹고 살려면 일해야 하니까요. 목구멍이 포도청이라잖아요."

"그렇다고 모든 사람이 힘들게 살지는 않거든요. 이런 삶 속에서도 의미를 찾고 보다 나은 생활을 위해 공부하는 모임이 있는데 한번 와 보실래요?"

전화번호를 달라고 하지 않아서 고마웠다. 대신 꼭 읽어 보라며 얇은 책자를 주고 갔다. 책의 표지에는 '우리와 함께하면 꿈꾸던 삶을 살 수 있습니다'라고 쓰여 있었다. 정말요? 정말로 그렇게 살 수 있나요? 저는 돈도 많고 시간도 많은 백수의 삶을 꿈꾸는데 당신들과 함께하면 그 꿈을 이룰 수 있나요?

그런데 편안한 삶의 비밀을 알고 있다는 그들이 더 힘들어 보이는 건 왜지. 계산대 앞에서 주저하고, 말 걸 기회를 잡으려 억지 눈웃음을 짓고, 종일 길거리를 떠도는 그들이 왜 걱정되지. 저 남자들은 보수는 받고 일하는 걸까. 평일 낮에 이렇게 돌아다니면 다른 일은 전혀 안 하는 걸까. 그럼 무슨 돈으로 먹고살고? 월세는? 핸드폰 요금은?

매서운 추위가 기승을 부리던 어느 날, 그들의 모습에 실망하다 못해 화가 났다. 그들은 종교 신문이 꽂힌 진열대를 세워 놓고 그 옆에 두 손을 모으고 주르륵 서 있었다. '우리는 이 정도로 믿음이 강해요'라는 걸 보여주는 시

위라도 하는 것 같았다. 엄마의 손을 잡고 서 있는 아이도 있었다. 가게에 들어오는 사람마다 아이는 무슨 죄냐고, 저들은 제정신이 아니라고 욕했다. 나도 화가 나서 '당신 네 하나님이 이렇게 시키더냐고, 이 추운 날 노인이랑 애 랑 밖에 서 있으라고 하더냐고' 멱살을 잡고 묻고 싶었다. 보다 못한 행인이 그만 가라고 어깨를 두드리자, 되려 그 사람에게 종교 신문을 손에 쥐여 주었다. 맙소사. 무언가 를 믿는다는 것은 아름다운 일이지만, 이 추위에 밖에 서 있으라고 하는 종교는 믿음이 될 수 없다고 생각했다.

나는 그들이 칼바람 속에서 믿음을 과시하는 일이 삶의 만족이라고 생각하지 않았으면 좋겠다. 나는 그들이 동네 를 떠돌며 억지웃음을 짓는 일이 꿈 꾸던 삶이라고 여기지 않았으면 좋겠다. 그들에게 되물어보고 싶다.

"지금 생활에 만족하시나요? 지금이 당신이 꿈꿔왔던 삶인가요?"

행복의 노래를 불러주러 갈게

그날 자기네 집에 가는 길은 설레었어. 평일 아침 친구 집에 가는 일은 내 버킷리스트 중의 하나였거든. 원래 자기가 알려준 길은 마을버스, 지하철, 시내버스를 갈아타는 복잡한 여정이었지만 혹시나 해서 정보의 바다(요새도 이런 말 쓰나)에 자기네 집 주소를 입력했더니 한 번에 가는 버스를 알려 주지 뭐야(지하철보다 오래 걸리긴 하지만 밖을 볼 수 있는 버스가 좋아). 출근하는 사람들을 따라서 버스에 올랐어. 분홍색 커버가 씌워진 임산부석이 비었길래 냅다 앉았지. 당연히 임산부나 노약자가 나타나면 일어날 생각이었어. 평일 이른 시간이라 그런지 어르신도, 나보다 배 나온 여성도 없어서 당당하게 앉아갈 수 있었어.

자기네 집은 참 예쁘더라. 뭐랄까, 자기 생활을 사랑하는 사람의 집이었어. 우리 집이 전쟁터 야전 텐트 같다면 자기네는 이야기와 음악이 흐르는 작은 아씨들의 집 같았어. 거실 벽면을 가득 채운 책들이 그랬고, 식물들을 햇볕 쐴 것과 피해야 할 것으로 구분해서 배치한 섬세함이 다정했어. 카페 비용을 줄일 생각으로 장만했다는 커피 머신은 또 얼마나 예쁘던지. 내가 아침을 안 먹었다는 말에 식빵을 굽고 햄을 잘게 썰어 달걀에 넣어 부치고, 검정 봉지가 아니라 하얀 용기에서 이미 씻어둔 양상추를 꺼내 샌드위치를 만들어 주었지. 처음 보는 미제 소스도 발라 주고. 진짜 맛있었어. 고급 커피에, 예쁜 접시에, 하얀 식탁 위에서 먹으니 더 맛있는 것 같았어.

조용한 아침, 따뜻한 햇빛이 길게 드리우는 집, 벽면 가득한 책들. 부럽더라고. 그런데 자기는 다른 얘기들을 털어놨어. 원했던 휴직이었는데 자꾸 무기력해지고 잘나가는 이들과 비교되어 작아진다고 했어. 필요해서 쓰는 돈인데도 남편 눈치를 보게 된다고도 했지. 무기력해지고 작아지는 기분, 나도 그거 알아(이런 건 좋은 위로가 아니라고 배웠지만).

얼마 전에 둘째의 담임이 나한테 무슨 일을 하냐고 물어서 편의점 아르바이트한다고 했을 때, 정말 찰나의 정적이었는데도 괜한 자격지심에 내 얼굴이 붉어졌어. 그러고 다음 날 아이가 선생님에게 혼나고 왔다고 울 때, 설마 내가 편의점 아르바이트한다고 무시해서 내 아이에게 함부로 한 거 아니야? 임성한급의 막장 소설을 쓴 적도 있어 (선생님은 좋은 분이었어. 나 혼자 오버한 거지). 또 남편이 친구의 와이프가 돈을 잘 벌어서 월수입이 우리의 두 배라며 부러워할 때도 엄청 작아져. 나를 저격하느라 한 말이 아니라는 건 아는데(정말 아닐까) 돈도 못 벌고, 살림도 똑소리 나게 못하는 나는 또 쪼그라들어. 나는 왜 이것밖에 안 될까, 매일 생각해.

나도 그런 생각할 줄은 몰랐다고? 안 그러는 사람이 있을까. 김연아나 이효리도 마찬가지일 것 같은데('내가 최고야'라고 생각하는 사람이 곁에 있다면 당장 헤어지자). 대신 나는 요새 '냐 자신'만 보려고 노력해. 잘나고 똑똑한 이들을 보면, 화려한 바깥세상만 보면 방구석에 있는 내가, 최저시급 노동자인 내가, 아무것도 없는 내가 너무 초

라해지니까 그냥 나만 보려고 해. 세상에 내 친구는 나 자신밖에 없는 것처럼, 나를 즐겁게 할 계획을 세워. 오늘은 이 카페에 가고, 내일은 저 책방에 가봐야지. 마요네즈 사라다를 무치고, 참크래커 위에 치즈를 얹은 안주에 김치냉장고에서 꺼낸 차가운 맥주를 거품이 나게 콸콸 따라 마셔야지(아, 우리집에 김냉 없지). 주말에는 영화를 보고, 공원에 뛰어갔다 와야지. 내가 할 수 있는 선에서 내가 기쁠 일들을 만들려고 해.

자기는 나만 뒤처지는 것 같다고, 나만 제자리에 있는 것 같다고 솔직하게 얘기할 수 있는 강한 사람이야. 나처럼 진짜 쭈구리는 괜찮은 척 위선 떠느라 그런 솔직한 말을 못 해. 곁에서 내가 지켜본 자기는 참 대단한 사람이야. 나 같으면 호들갑을 떨며 대하소설도 썼을 이야기를 묵묵히 견뎌낸 사람이라고. 충분히 꽉 찬 사람이니 바깥의 사람들을 기준으로 삼지 않아도 될 것 같아. 자기가 기준인데 남들을 뭐 하러 봐.

아, 어느새 내가 가야 할 시간이어서 함께 집을 나섰지. 자기는 아이 마중을 간다고 했어. 파릇한 새잎이 올라온

나무 아래에서 우리는 아쉬운 인사를 하고 건널목을 건넜지. 그러다 문득 뒤돌아보았을 때 세상에서 제일 아름다운 광경을 보았어. 멀리서 땅을 보며 터벅터벅 걷던 아이가 고개를 들어 엄마를 보고는 두 팔을 벌려 냅다 엄마에게로 뛰어가더군. 내내 삶의 고충을 얘기하느라 덤덤하던 자기도 뛰어오는 아이를 품으로 덥석 끌어안았지. 아아, 또 부러웠어. 내가 하굣길의 아이를 맞이한 적이 있던가. 이제는 나를 보며 와락 안기는 아이도 없는데 말이야 (못 들어오게 문이나 잠그지 않으면 다행이지). 자기는 내가 못 해본 일들을 다 하고 있었어. 눈물 나도록 부럽게.

그러니 말이야, 우리 그냥, 나 자신만 보고, 내 옆에 있는 것들만 보고 살자. 행복을 찾아 집을 등지고 떠나는 일 대신 그냥 내가 파랑새인 척 살아보자고(아바타인 줄 알고 화살 쏠려나). 결국 행복은 내가 만든다는 뻔한 소리를 해서 미안하지만, 나를 행복하게 만들 수 있는 사람은 나뿐인 것 같아.

맞다. 자기가 개성만두 쪄 준다고 할 때 배불러도 그냥 먹을걸 그랬나 봐. 수다 떠느라 시간이 그렇게 빨리 갈 줄 몰랐어. 정말 개성있게 맛있다는 개성만두를 밤마다 생각해. 아니, 자기를 생각해(응?). 다음에 또 언젠가 울적해지면 아바타 스머프 인간 파랑새인 나를 불러 줘. 치르치르미치르! 행복의 노래를 불러주러 갈게.

내가 나일 수 있도록

서울에 큰 눈이 내릴 거라는 재난 문자가 연이어 날아와서일까. 계속 경고받는 느낌이라 기분이 좋지 않았어. 일기예보에서는 정오부터 눈이 내린다고 했는데 일찍부터 하늘이 흐려졌어. 곧 방향도 가늠할 수 없는 눈이 휘몰아쳤고, 금세 쌓이기 시작했어. 시커멓던 아스팔트가 금방 하얗게 변했지. 나는 당장 눈을 쓸어야 하나 고민했어. 차가 지나가기 전에, 사람들이 밟기 전에 치워야 눌리지 않거든. 눈발이 어찌나 세찬지 쓸고 뒤돌면 또 쌓이고, 밀어내면 또 쌓여 있었어. 곧 겨드랑이가 축축해졌고, 눈을 맞아 머리칼은 젖어 갔고, 안경에는 입김인지 눈송이인지 모를 물방울이 얼룩져 앞도 보이지 않았어.

그때 편의점 옆 카페에서 한 무리의 여자들이 나왔어. 다들 허리가 잘록한 패딩을 입고 (폭설 예보가 나한테만 온 게 아닐 텐데) 굽이 높은 부츠를 신고 있었어. 그 여자들은 내가 다 치워 놓은 길을 대수롭지 않게 지나갔어. 무슨 얘기들을 하는지 신나게 웃으면서. 조금 더 가서는 아파트 경비원 아저씨가 쓸어 놓은 길을 걸었지. 나는 좀 화가 났어. 큰 눈이 내린다고 경고받은 아침에도 곱게 치장하고 커피를 마시러 나온 여자들에게 말이야. 저 여자들은 길이 원래 깨끗하다고 생각하겠지? 길에 쌓인 눈은 경비 아저씨나 가게 아줌마가 치우는 게 당연하고. 그래, 알아. 팔자 좋아 보이는 여편네들이 부러워서 이러는 거야.

가게로 들어와 거울을 보니 영락없이 비를 쫄딱 맞은 뉴트리아 꼴이더라고. 좀 전에 지나간 하얗고 보송한 앙고라 같은 여자들을 떠올리니 더 심술이 났어. 눈 쓸지 말걸, 저 여자들이 미끄러질까 동동거리며 걷는 우스운 모습을 봤어야 했는데. 단체로 꽈당 넘어졌으면 더 고소했을 텐데. 이런 사악한 상상을 하다가 픽 웃음이 났어. '나 정말로 못됐구나' 하면서.

근데 더 열 받은 게 뭔지 아니? 염화나트륨을 뿌리는 제설차 말이야. 아니 왜, 큰 제설차가 이 작은 골목까지 들어온 거야? 지금까지 몇 년 동안 한 번도 들어온 적이 없었거든. 힘들게 눈을 치워 놨더니 뒤늦게 나타나서 한방에 싹 녹여 버리냐고. 제설차에 돌이라도 던지고 싶었어. (나, 정말로 못됐구나!)

날씨가 안 좋아서 한가할 줄 알았는데 더 바빴어. 추운 데 땀 흘리고 바쁘기까지 해서 두통이 온 것 같아. 급한 대로 타이레놀을 먹었는데도 머리는 계속 아팠어. 아침부터 마음이 심술궂어지더니 결국 몸까지 탈이 났나 봐. 나는 늘 왜 이 모양일까, 산뜻하고 좋은 사람일 수는 없을까, 내가 더 싫어졌어.

퇴근길에 그 심술이 기어이 나를 산으로 데려갔어. 다이어리와 책이 든 무거운 가방까지 들고 산으로 올라갔다고. 오늘 단단히 삐딱해질 심산인가 봐. 이런 날은 나도 내 마음을 알 수가 없어. 아니 어쩌면 이런 기분으로 집에 갔다가는 식구들에게 짜증을 퍼부을지 모른다는 최후의 방어기제였을지도 몰라. 미끄러질라, 넘어질라 바짝 긴장한 채 산의 계단을 올랐어. 계단이 높아서 롱패딩은 바닥에 다 끌리고, 넘어질까 봐 난간을 잡았더니 눈도 차갑고 쇠는 더 차가워서 손이 떨어져 나가는 줄 알았어.

그런데 말이야, 소복하게 눈 쌓인 새하얀 길이 얼마나 예쁜지 아니. 그 길이 너무 고와서 그 위를 걷는 나도 아름다운 사람이 된 것 같았어. 한 걸음 걸을 때마다 내가 마치 화장품 '미로' 광고 속의 오현경이 된 기분이었어(에스키모 털모자를 쓰고 개썰매를 타고 달리던 오현경은 진짜 눈의 여왕 같았지). 편의점 앞에 쌓인 눈은 해치워야만 하는 숙제 같았는데, 산 위의 눈은 화이트 카펫 같았어. 그래, 같은 것도 어떤 마음으로 보는지에 따라 달라 보이더라고. 그때 갑자기 스위치가 탁 켜진 것처럼 기분이 좋아졌어('이 년 또 감정 널뛰기하네' 하는 거 다 안다). 내 머릿속의 지우개가 짜증은 지우고, 진한 4B 연필이 '해앵복하아자'라고 쓰기 시작했어.

어쩌면 아침에 본 그 여자들도 자기네끼리 신세 한탄을 했을지도 모를 일이잖아. '용돈이라도 벌고 싶은데 용기가 안 나, 저 아줌마처럼 편의점에라도 출근하고 싶은데 나를 써줄까?' 이런 얘기들을 하지 않았을까(안 했을 거라고? 너 이리 와 봐). 늘 남의 삶을 부러워만 하고 살았는데 누군가가 나를 부러워할 수도 있고, 별거 없는 내 생활도 서사가 될 수 있지 않을까.

『소공녀』세라의 이 말을 좋아해.

"저는 진짜 공주처럼 행동하려고 애썼을 뿐이에요. 도저히 견디기 어려울 만큼 춥고 배고플 때조차도."

프랜시스 호지슨 버넷, 『소공녀』중에서

나락으로 떨어진 상황에서도 기품을 잃지 않으려 애썼던 세라처럼, 현실은 궁상맞고 우중충해도 내가 되고 싶어 하는 모습으로 닮아가려고 해. 사실 꽤 괜찮은 사람이라고, 나 자신을 그렇게 믿고 있거든.

우리 자세한 얘기는 만나서 하도록 해(응?). 눈이 다 녹은 햇볕이 따뜻한 날, 늘 가던 카페에서 만나.

오늘이 가장 젊고 짜릿한 날

어머, 지겨워 죽겠다니. 어린애가 무슨 말을 그렇게 하니. 연휴 끼고 시험인 게 뭐가 어때. 연휴 동안 더 공부할 수 있으니 좋은 거지. 연휴가 있어도 쉬지 못하는 기분을 아냐고? 너는 남들 다 쉬는 연휴에 편의점 아르바이트하러 가는 엄마의 기분을 아니?

지겹기는 엄마가 더 지겨워. 뭐가 지겹냐고? 너는 끝이 있잖아. 중간고사도 다다음 주면 끝날 거고, 내후년엔 대학생이 되겠지. 성인이 되면 연애도 하고, 하고 싶은 일을 찾아서 취업도 할 거고. 앞으로 나아갈 길이 아주 많잖아. 말하자면 너는 느티나무도 장미도 될 수 있는, 이제 싹이

나기 시작한 씨앗 한 알이야.

그런데 엄마는 말이야, 끝이 없어. 다른 삶으로 나아갈 여지가 없어. 깨를 탈탈 털어 수확을 끝낸 말라비틀어진 깻단이나 마찬가지라고. 엄마는 이제 불법이라 연애도 못하고(응?) 다른 직업을 갖기도 어려워. 네가 유치원 다닐 때부터 편의점 아르바이트를 했으니 십 년째 같은 일을 하고 있어. 달라질 것도, 나아지는 것도 없는 똑같은 일. 생각만 해도 지겹지 않니?

아마 여기가 엄마의 마지막 일터일 거야. 요새 자꾸 이상 신호를 보내오는 허리가 버텨줄 때까지 매일 소주 박스를 나르고, 쓰레기통을 비우고, 치킨을 튀기겠지. 무례한 사람의 반말을 들으며, 비틀거리는 사람의 술 냄새를 맡으며 말이야. 응? 슬퍼진다고? 우울해진다고? 내가 이야기를 너무 극단적으로 했나? 엄마 이야기를 듣고 '나는 기회가 많으니 열심히 해보자!'라는 생각이 들어야지, 엄마 불쌍하다는 소리가 왜 나와. 글쓴이의 의도를 잘 파악해야 국어 시험을 잘 보는데, 문제의 지문이 잘못 됐나?

아니야, 아니야. 엄마는 지겹지 않아. 네가 지겹다고 하니까 힘내라고 꾸며서 한 이야기야. 끝이 없어서 지겹다고 하지 않았냐고? 끝이 왜 없어, 있지. 사람은 누구나 끝이 있어. 엄마도 너처럼 학생이었다가, 직장인이었다가, 지금은 아르바이트하는 아줌마라는 단계에 있잖아. 학생일 때는 영원히 학생일 것 같았고, 직장인일 때는 여기가 내 무덤인가 했었는데 또 어느새 끝이 나더라고. 그래서 엄마는 지금도 재미있어. 모든 건 끝이 있으니까, 지금이라는 건 흘러가면 다시 못 만날 순간이니까 재미있지. 편의점 아르바이트도 언젠가는 끝이 날 테니 어떤 진상을 만나도 '이 야깃거리 하나 득템!' 하며 웃어넘길 수 있어.

매일 지겹고 똑같은 것 같아도 긴 인생에서 내가 지금 어디에 있나 좌표를 찍어 보면 오늘이 아주 소중한 날이었다 이 말이야. 물론 너는 어리니까 엄마의 말이 잘 와닿지 않겠지. 중3 남자애의 미래란 오후 세 시라는데 너의 미래는 언제쯤이니. 고등학교 졸업하는 날이라고? 아, 좋겠다, 정말 부럽다. 응? 너희들도 중학생 애들 보고 좋겠다고 한다고? 요 녀석들 재밌네. 생각해 보니 엄마도 그런 얘기를 들은 적이 있어. 편의점에 오는 할머니들이 엄마 보고 '젊어서 좋겠다'라고 해. 그래, 우리는 오늘 가장 젊고 짜릿한 날을 살고 있는지도 몰라.

예쁜 아이야, 너의 지금은 정말 소중해. 공부가 너를 돕는다고 생각하면 하고, 너를 갉아먹는다고 생각하면 하지 않아도 돼. 응? 엄마 말이 너무 길다고? 빨리 학교 가서 친구들 만나고 싶다고? 그, 그래. 학교 가서 신나게 놀고 와. 간 김에 공부도 좀 하고! 짜증 난다고? 응, 미안. 잘 다녀와!

에필로그

 미안합니다.

'변변치 않은 솜씨로 글을 썼습니다. 책으로 나올 저의 글이 누군가의 손에 들려진다고 생각하면 기쁘면서도 부끄러워져 숨고 싶습니다. 글을 쓰는 모든 순간은 진심이었지만 저의 얇은 생각이 글에 드러났을까 봐, 그게 행여 누군가에게 상처를 줬을까 봐 또 미안해집니다.

저는 아주 작은 아이였습니다(지금은 아주 크지만). 웃는 날보다 웅크리고 우는 날이 더 많았습니다. 목숨이 위험한 것은 아니었지만 마음은 시도 때도 없이 위태로웠습니다. 무엇이 되려고 해도 힘들고, 무엇을 보려고 해도 앞이 까마득해 고되었습니다. 너를 이해한다는 말도 미웠지만 너를 이해할 수 없다는 말에 화를 삭이던 못난 사람이었습니다.

어느 날 책을 읽다가 눈시울이 붉어졌습니다. "아무런 결핍도 한 줌의 불행도 없는 사람이 쓴 글은 소금을 넣지 않은 음식 같다." (김설,『사생활들』) 이 문장에 심장이 요동쳤습니다. 내 결핍과 불행도 미원이 될 수 있다면 얼마든지 까발려 춤을 출 수 있겠다고 생각했습니다. 말의 힘을 모으는 사람이 되고 싶어졌습니다. 아름답고 애달픈 것을 보면 당장 글로 옮기지 못해 안달이 나는 사람으로 살고 싶습니다. 희망과 기쁨 뒤에는 두려움과 실망이 공존하는 것도, 이루는 게 있으면 잃는 것도 있으리라는 각오도 되어 있습니다.'
라고 좀 진지하게 에필로그를 쓰고 싶었습니다. 그러나 편집자님의 '갑자기?'라고 쓰인 빨간 글자가 보이는 것 같습니다(교정지 속 무수한 물음표에 얼마나 웃었는지 모릅니다). 그동안 저의 넘치는 감정 과잉과 널뛰는 감정 기복을 날 것 그대로 마주하며 당황했을 편집자님에게 먼저 사과의 말씀을 올립니다(괜찮아요? 많이 놀랐죠?). 제가 비운의 주인공이 되고 싶을 때마다 '부아님은 재밌는 사람이에요'라며 저의 목덜미를 잡고 늪에서 건져주어 감사합니다. 야생의 바야바 같은 글을 귀여운 시바견처럼 다듬어 주어서 감사합니다. 사랑스러운 그림을 그려주신 고마쭈님에게도 애정을 보냅니다(받아줘).

 고맙습니다.

오천만(응?) 블로그 이웃에게 꼭 고마움을 말하고 싶습니다. 맞춤법도 틀리고 (늘 그렇듯)이게 무슨 얘기야? 하는 문맥 없는 글에도 공감의 숫자가 늘어 기뻤습니다. 이제야 사랑받을 구실을 찾은 아이처럼 설렜습니다. 그 옛날 짝사랑하던 문학 선생님이 "이 책은 네가 읽으면 좋을 것 같다"라며 한 권씩 건넸던 책처럼, 여러분의 하트는 제게 저마다 한 권의 책이었습니다. 평범한 얘기도 지루한 얘기도 '재미있다' 해주어서 기뻤습니다. 여러분 덕분에 매일 쓰고 싶었습니다.

그러다 알게 됐습니다. 좋은 이야기를 쓰려고 생각하니 좋은 것부터 보입디다. 예전에는 아름다움보다 슬픔을 먼저 보는 사람이었습니다. 떨어지는 낙엽도(아, 한 살 더 먹는구나), 공원 벤치의 소주병만 봐도 쓸쓸했습니다(무슨 사연으로 병나발을). "절세 추녀란 건 어느 시대에도 결코 변하는 일이 없을걸."이라는 사노 요코의 책 속 문장에는 마음이 문드러졌습니다. 요즘에는 인간 드림캐쳐라도 된 듯 낙엽이나 소주병도, 엉터리 같은 미의 기준도 어떻게 하면 희망의 이야기가 될까 궁리하는 사람이 되었습니다.

이 책에 그런 마음을 잔뜩 그러모았습니다. 주변의 소소한 일들이지만 '현실에 환상의 색채를 더한' 이야기들입니다(다정함을 덤으로 잔뜩 얹었는데 전달이 잘 되었으려나요). 이 작은 책이 여러분의 일상에 베지밀 같은 온기가 되기를 바랍니다.

책 속의 사람들은 잘 지냅니다. 막걸리 기사님은 화, 목요일에 어김없이 오고, 사진 속의 고운 할머니도 매일 같이 가게 앞을 오갑니다. 또 오해영 아저씨가 무표정으로 "내 담배!" 하는 것도, 소독제 아저씨가 문을 발로 쾅 차고 들어오는 것도 여전합니다. 아까운 재능을 가진 할아버지도 여전히 좋은 목소리로 "얼마예요" 하고 묻고, 정리에 서툴던 신입 근무자는 이제 저에게 잔소리를 할 만큼 정리의 달인이 되었습니다.

끝으로, 이런 말은 너무 진부하지만, 남편과 두 아이에게 고맙다고 말하고 싶습니다. 내가 너희(?)를 키운 게 아니라 너희가 나를 키웠습니다. 너희 덕분에 살고 싶어졌고 살만해졌습니다.

이런 마음이 가족에게만 그치지 않고, 모두에게 같기를 바라며 글을 마칩니다.

다정함은 덤이에요

1판 1쇄 발행 2023년 2월 5일
1판 3쇄 발행 2023년 9월 25일

지은이 봉부아

펴낸이 박경애
편집 박경애, 정천용
디자인 정은경
일러스트 고마쭈

펴낸곳 자상한시간
출판등록 2017년 8월 8일 제 320-2017-000047호
주소 서울시 관악구 중앙길 59, 1층
전화 02-877-1015
이메일 vodvod279@naver.com

ISBN 979-11-969480-8-5 03810